Hohenheim

Jürgen Hart

Ostproben

Geschichten und Lieder aus Mitteldeutschland

Hohenheim Verlag
Stuttgart · Leipzig

Für Kati

Die Deutsche Bibliothek – CIP-Einheitsaufnahme

Ein Titeldatensatz für diese Publikation ist bei der Deutschen Bibliothek erhältlich

Satz: L & N Litho, Waiblingen
Druck und Bindearbeiten: W. Röck GmbH,
Druck + Medien, Weinsberg
Printed in Germany
ISBN 3-89850-062-4

Inhalt

Der Hecht

Das Kofferradio war mit matter grüner Alkydharzfabe lackiert worden. Es stand auf einem mit matter grauer Alkydharzfarbe lackiertem Werkzeugschrank und spielte matte, rötlich lackierte Blasmusik.

Bieler kam in die Lagerbaracke, drückte seine Juwel an der Schuhsohle aus und beförderte den Stummel in einen eigens dafür bereitgestellten Blecheimer, der früher Vierfruchtmarmelade enthalten hatte, nun aber aus Brandschutzgründen halb mit Sand gefüllt war. Der Eimer war nicht mit matter Alkydharzfarbe lackiert sondern mit Silberbronze. Unter dem Schild *Materialausgabe* stand das Klappfenster offen. Bieler beugte sich weit hindurch, konnte aber keine Spur von Maletzke entdecken.

„Heinz, bist du wo? – Du bist doch wo. Ich höre dich rumwirtschaften!"

In irgendeiner Ecke brummelte etwas, dann kam das Etwas langsam nähergeschlurft. Es hieß Maletzke und war der oberste und einzige Lagerverwalter des *VEB Varioplast.*

Das Materiallager füllte die vordere Hälfte einer ehemaligen Bauarbeiterbaracke und mochte kaum größer als fünfzig Quadratmeter sein.

Die Schränke, Regale und Spinde waren jedoch so labyrinthartig aufgestellt, daß man manchmal Minuten warten mußte, bis der Lagerverwalter den rechten Weg zum Klappfenster der Materialausgabe gefunden hatte. Von der Tür, in die das Fenster eingelassen war, konnte man nur vermuten, aus welcher Ecke er auftauchen würde.

Bieler schaute auf die trostlosen Rückseiten von öden Schränken. Eine der Rückseiten zierte ein vergilbtes Plakat, das in seinen jungen Jahren für die *Mach-mit-Bewegung* geworben hatte. Da man nicht mehr entziffern konnte, was man mitmachen sollte, war das Plakat natürlich wenig geeignet Enthusiasmus zu verbreiten. Rechts neben der Tür stand der kleine, mit matter elfenbeinweißer Alkydharzfarbe gestrichene Schreibtisch, an dem Maletzke vorgab, seine Buchführung zu erledigen. Ein Drehstuhl mit verstellbarer Lehne vervollständigte Maletzkes Büro. Die hölzerne Lehne war im strengen Winter des Jahres 1961 abhanden gekommen, so daß der Eisenbügel mit der nunmehr überflüssigen Stellschraube einsam in die Gegend ragte und dem Sitzsuchenden wenig Bequemlichkeit versprach. Maletzke saß fast nie. Er wirtschaftete lieber zwischen den Schränken. Dort war sein Reich, seine Heimat, seine Zuflucht. Dort lagen seinen Schätze, von denen er sich ungern trennte.

Bieler begann ungeduldig zu werden, aber endlich schlurfte Maletzke um die Ecke. Er sah mit seinen fünfzig Jahren frisch und rosig glänzend aus, obwohl er nicht, wie Bieler manchmal steif und fest behauptete, gerade frisch mit farblosem Alkydharzlack gestrichen war.

„Morjen!"

„Morchen!"

„Mache mal bloß das Radio bissel leiser! Egal nur Blasmusik, das hält ja kein Toter aus!"

Maletzke grinste, drehte das Radio aber leiser. „Das ist zum Abhärten. In vierzehn Tagen ist Erster Mai, da blästs sowieso überall! Brauchstn?"

„Holzschraum, zwölfer?"

„Habbich."

„Dübeln, dazu passend?"

„Habbich."

„Bolzen, kleene, zwanzig?"

„Habbich."

„Alu-Profilleiste, fünf Meter?"

„Habbich. U-Profil oder L-Profil?"

Bieler staunte nicht schlecht und unterbrach deshalb sogar das allmorgendliche Zeremoniell. „Was du nicht alles hast. Zwei Sorten Profil sogar? Wassn los? Ist plötzlich der Kommunismus ausgebrochen? Oder haste beim Kapitalismus eingebrochen? Gibts ooch was, was du mal nich hast?"

Maletzke lachte. „Nee, habbe eigentlich alles! Wer hat, der hat! Was brauchstn noch?"

Bieler schüttelte unentschlossen den Kopf.

„Das Angebot kommt bissel plötzlich. Bin nicht drauf eingestellt, daß es was gibt! – Ja, was könnte ichn noch so brauchen? Vielleicht zwee Meter Kupferrohr, dreiviertel Zoll..."

„Habbich." Maletzke war nicht in Verlegenheit zu bringen, fragte aber plötzlich barsch zurück: „Steht das Kupferrohr mit auf deinem Schein?"

„Wasn für Schein?"

Maletzke hatte sich über seinen Schreibtisch gebeugt, um Bielers Bestellung auf der Rückseite eines alten Briefumschlags zu notieren, jetzt kam er mißtrauisch zum Ausgabefenster zurück. „Armin, stelle dich nicht blöde! Du hast doch einen Schein?"

„Habbich."

„Mit einer Unterschrift drunter?"

„Habbich!"

„Haste auch die Unterschrift für das Kupferrohr?"

„Habbich – nich!"

Maletzke gab seiner Stimme einen prinzipiellen Klang und runzelte mißbilligend die Stirn: „Armin, du weißt, daß du das mit mir nicht machen kannst. Bei mir geht es reell zu. Sonstewo kannste das meinetwegen probiern, aber bei mir nicht, ist das klar!?"

Bieler lenkte sofort ein: „Ist doch klar, Heinz, das war ein Spaß. Ich weiß doch, daß du sowas nicht machst!" Er kannte Maletzke lange genug, um einzusehen, daß hier kein privates Kupferrohr abzuzweigen war. Bieler war seit ewigen Zeiten der Betriebshandwerker des *VEB Varioplast,* was nichts weiter bedeutete, als daß er den alltäglichen Kleinkram zu reparieren hatte. Er werkelte als Klempner, Elektriker, Schlosser, Maurer und Tischler zugleich, hielt sich für überqualifiziert und unterbezahlt. Seine eigentliche Stärke war aber das Liegenlassen. Was und wo er auch immer etwas reparierte, installierte, kontrollierte, stets blieb etwas verschollen. Werkzeuge, Ersatzteile, Meßgeräte, Arbeitsmaterial, irgend etwas fehlte anschließend immer. Böse Zungen behaupteten, die Verlustposten würde Bieler irgendwo nach Feierabend dem Bevölkerungsbedarf gegen fünf Mark die Stunde wieder zuführen.

Das stimmte aber nicht ganz, denn auch im Privatleben pflegte er seine Vergeßlichkeiten. Er hatte seinen Trabbi schon einmal in der Kreisstadt vergessen und war mit dem Bus nach Hause gefahren. Als er dann zu Hause vor der leeren Garage stand und seine fahrbare Gehhilfe suchte, war er doch sehr verwirrt. Seine erste Frau, wurde gerne über ihn erzählt, hatte er bei der Rückfahrt vom Ostseeurlaub in Wolgast an einer Tankstelle stehenlassen. Seine zweite Frau konnte nur noch halbtags arbeiten, die andere Tageshälfte war sie vollauf damit beschäftigt, Bielers häusliche Nachlässigkeiten aufzuarbeiten. Maletzke kannte sich mit Bieler aus, hatte sich an dessen Schlampigkeiten gewöhnt und nahm sie schicksalsergeben hin. Wenn Bielers Materialanforderungen allerdings ausuferten, widersetzte er sich und kontrollierte ihn streng und gewissenhaft.

Maletzke war überhaupt das krasse Gegenteil von Bieler. Bei ihm kam nie etwas weg. Er ließ auch nichts liegen, im Gegenteil, er hob alles auf. Wo im Werksgelände immer eine Büroklammer, eine Reißzwecke, eine Mutter, eine Schraube herumlag, er steckte sie ein. Selbst nach rostigen Nägeln bückte er sich und klopfte sie gerade. Für seine Fundsachen hatte er eine alte Blechkiste bereitgestellt – natürlich mit matter dunkelgrauer Alkydharzfarbe gestrichen. Diese Kiste leerte er jeweils zum vorweihnachtlichen Betriebsvergnügen in aller Öffentlichkeit. Er glaubte, dadurch einen Beitrag zum sparsamen Umgang mit Material geleistet zu haben, lieferte aber nur einen Beitrag zur Erhöhung der allgemeinen Heiterkeit.

Bieler paßte so ganz und gar nicht zu Maletzke, wäre nicht die Angelleidenschaft gewesen, die sie teilten. Beim Angeln konnte sich Maletzke hundertprozentig auf Bieler verlassen.

Maletzke hatte Bieler die Bestellungen ausgehändigt und heftete den Materialschein gewissenhaft in einen Ordner, auf dessen Rückseite säuberlich geschrieben stand: *Materialscheine II/85.* Dann verfügte er sich wieder in sein Labyrinth.

Bieler ramschte das Kleinzeug in eine alte Lederaktentasche, schnappte sich die Profilleisten und wollte los. Dann beugte er sich aber noch einmal durch das Klappfenster und rief zwischen die Schränke: „Aber heute abend, da bleibt es doch dabei, Lindenhainer Restloch!“

Maletzke steckte den Kopf hinter einem Schrank hervor. „Nu aber, spätestens um fünfe bin ich draußen!“

„Bis nacherts!“

„Bis nacherts!“

Bieler schlurfte weg, und Maletzke kam zum Klappfenster, um nachzusehen, was Bieler wohl wieder liegengelassen hatte. Die Ausbeute war gering: ein Holzdübel! Maletzke schob ihn in die Tasche seines dunkelgrauen Arbeitskittels, verfügte sich zum Werkzeugschrank und drehte die Blasmusik wieder lauter.

Es ist nicht außergewöhnlich, daß einer zwei Fahrräder in Gebrauch hat. Manche betreiben ein Rennrad als Hobby und ein Tourenrad fürs Grobe. Maletzke hatte zwei Räder in Betrieb, das Arbeitsrad und das Angelrad. Es waren zwei Mifa-Räder von der gleichen Sorte. Das Angelrad jedoch unterschied sich vom Arbeitsrad durch einen wesentlich höheren Grad an Einsatzbereitschaft. Es war stets bestens ausgerüstet, geputzt und belüftet, Angeltasche und Rutenfutteral waren stabil befestigt, und im Radschuppen beanspruchte es den vorderen Platz. Allenfalls die Ködertasche mußte im Bedarfsfalle noch mit frischen Würmern bestückt und umgehängt werden. Vor Beginn der Angelsaison veranstaltete Maletzke zum Ärger seiner Frau immer einen Tag der Angelbereitschaft. Manchmal, wenn die Frau nicht im Hause war, organisierte er sich sogar Alarmübungen. Er fingierte dann Mittagsschlaf, ließ diesen aber durch Weckerklingeln unterbrechen und stoppte die Zeit, die er dann brauchte, um fertig angezogen, mit Gummistiefeln und Angelrad am Gartentor zu stehen. 57 Sekunden waren sein Allzeitrekord.

Heute ging es aber nicht darum, einen Rekord zu brechen, heute kam es auf Tarnung und Geheimhaltung an. Die Frau mußte nämlich nicht unbedingt merken, daß er zum Angeln ausrückte. Von ihrer Seite waren Bemerkungen gefallen, die darauf hindeuteten, daß sie ganz andere Dinge mit ihm vorhatte. Maletzke hatte es nicht gerne, daß man etwas mit ihm vorhatte, wenn er vorhatte, angeln zu fahren. Er war von der Arbeit gekommen, hatte den Vordereingang gemieden und sich gleich hintenrum zum Geräteschuppen geschlichen. Aber Ehefrauen, die etwas mit ihren Männern vorhaben, verfügen über feine Ohren.

„Heinz, bist dus?"

„Na, wer solls denn sonst sein?"

„Bist ja auf die Minute."

„Ich komm auch gar nicht erst groß nein; ich mache nochemal fort. Zwee Stunden Regenwürmer baden. Hole nur das Angelrad ausm Schuppen."

Über südländische Frauen sagt man gern, sie blühen rasch auf, aber welken dann schnell dahin. Zu Ilse Maletzke konnte man nicht sagen, daß sie südländisch geprägt sei. Sie war eher mitteldeutsch geprägt, und zu solchen Frauen sagt man, sie welken ein Leben lang dahin. Oder drücken wir es behutsamer aus: Frau Maletzke war von schwervergänglicher, zeitloser Schönheit. Ihre wenigen körperlichen Vorzüge wußte sie geschickt unter einer blaugeblümelten Kittelschürze zu verstecken. Sie kam auf dem Trampelpfad, der von der Hofseite des Siedlungshauses nach hinten an Gemüsebeeten und einem Miniaturkartoffelacker vorbei zu Komposthaufen und Fahrradschuppen führte, eilig dahergehutscht. Sie ahnte, daß ihre Chancen schlechtstanden und gab sich zänkisch. „Ach, nu geht das wohl wieder los. Ist es nicht noch bissel zu kalt?"

„Für Karpfen vielleicht, aber die Würmer werdns schon überleben! Und Karausche mit Maibutter is doch nicht zu verachten!"

„Ich dachte, du machst dich jetzt langsam über die Veranda her. Wir wollten doch gleich im Frühjahr die Tiefkühltruhe aus dem Schuppen vorholn. Wegen jeder Bratwurst muß ich übern Komposthaufen klettern..."

Es war zu spät, nur eine Minute zu spät, aber eben zu spät. Maletzke war durch die hintere Gartenpforte entwischt, die auf einen kleinen Feldweg mündete. Er schwang sich aufs Angelrad und rief ihr, eifrig in die Pedale tretend, noch über die Schulter zu: „Das mit der Veranda, das wird auch noch. Ich bring dir erstemal eine schöne Karausche heim!“

„Petri!“
„Petri!“
„Und?“
„Nischt.“
Maletzke lehnte sein Angelrad an einen Schwarzerlenstamm und schaute grämlich auf Bieler. Dann nahm er Tasche und Rutenfutteral vom Rad und richtete sein Angelgerät her. Bieler hatte den täglichen Wettbewerb um den besten Ansitz gewonnen. Er war zwar schneller gewesen, aber gefangen hatte er auch noch nichts.
„Worauf gehstn?“
„Weiß auch nich recht. Weißfisch. Vielleicht verirrt sich ein einsamer Karpfen.“
„Für Karpfen isses zu kalt.“
„Weiß ich selber!“
„Was nimmstn? Teig oder Wurm?“
Bieler winkte ab. „Ich habe sogar Maden mit! Läuft aber alles nicht!“
Maletzke warf Rutenfutteral und Angeltasche auf die Wiese und begann sein Zeug herzurichten.

Er steckte die Ruten zusammen, entschied sich für eine Rolle, die mit dreißiger Schnur versehen war, montierte eine mittlere Pose, stellte gewissenhaft die Tiefe ein, knüpfte Wirbel und ein zwanziger Vorfach mit langschenkligem Wurmhaken zusammen und bohrte schließlich noch die Rutenhalter in den lehmigen Uferboden.

Es gibt Tage, da weiß ein erfahrener Angler hundertprozentig, daß er absolut nichts fangen wird. Das entmutigt ihn aber nicht. An solchen Tagen arbeitet er besonders gründlich, leise und umsichtig. Er vermeidet Geräusche und schnelle Bewegungen. Er achtet sorgfältig darauf, daß sein Schatten, der nicht vorhanden ist, weil die Sonne nicht scheint, keinesfalls auf die Wasseroberfläche fällt, damit der Fisch, der auch nicht da ist, nicht verschreckt wird. Ein solcher Tag war heute. Maletzke zog den dicken Tauwurm gewissenhaft auf den Haken und brummte nur ärgerlich, weil dieser Sauwurm partout nicht an den Haken wollte, sich boshafterweise kringelte und wand und das Genick steif machte.

Bieler hatte eine Weile schweigend beobachtet, wie sich Maletzke als Regenwurmbändiger versuchte, dann fragte er noch einmal: „Worauf gehstn'?"

„Karpfen!" sagte Maletzke, war sich aber durchaus nicht sicher. „Mal sehen, was vorbeikommt." Er setzte zu einem flachen weichen Wurf an. „Karausche vielleicht. Über eine schöne Schleie wäre ich aber auch nicht böse." Er beobachtete, wie sich die Pose langsam aufrichtete, dann holte er ein wenig Leine ein und legte die Rute vorsichtig in den Rutenhalter. Endlich zog Ruhe ein.

Sie saßen einfach so da und nahmen die Stille des Gewässers und das frische Aprilgrün ringsum in sich auf. Bieler zündete sich eine Juwel an und meinte: „Ist schon komisch. Paar Millionen Jahre lang war hier nichts weiter als Braunkohle drunter, und jetzt heißt das Lindenhainer Restloch. Wasser is drinne und paar Fische. Also Fische theoretisch. Wie sich die Welt manchmal so verändert."

Maletzke langte sich ein Bier aus seiner Angeltasche, öffnete die Flasche sachkundig mit dem Hakenlöser und nahm den Gesprächsfaden auf. „Und desterwegen braucht der Mensch was, woran er sich festhalten kann, damit er solche plötzlichen Veränderungen unbeschadet übersteht. Ich meine nicht irgendwas, was einen sowieso dauernd umklammert hält und drangsaliert, Arbeit, Frau, Garten oder so. Ich meine was Unsichtbares, Inwendiges, Privates. Eine Idee zum Beispiel! Das muß nischt Großartiges, Weltbewegendes sein, gar nicht. Aber wenn sich einer zum Beispiel vorgenommen hat, ein Leben lang jeden Tag die Schuhe zu putzen oder die Zähne, und der hält das durch, ein Leben lang, ohne Unterbrechungen, Ausreden oder Entschuldigungen, bei Wind und Wetter, in Freud und Leid, gegen Gewerkschaft, Schwiegermutter oder Ehefrau bis hin zu seinem letzten Tag... Also da würde ich sagen: Hut ab!"

Bieler lachte.

„Was lachstn da, ich meine das durchaus ernst."

„Ich lache doch nicht über dich! Ich stelle mir nur vor, wie einer auf seinem Totenbett liegt und dabei die Schuhe putzt."

„Gut, ich gebe zu, das hätte einen humoristischen Einschlag. Auch das Zähneputzen auf dem Totenbett ist ein bissel weit hergeholt. Die meisten Toten ham heutzutage Gebiß, und das nimmt man zum Sterben raus. Aber im Ernst, so eine Idee, so eine Leitlinie, verstehste, die braucht man schon."

Bieler schaute Maletzke schräg von der Seite an. „Weiß nich, ob ich sowas brauche. Aber du, du hast so eine Leitlinie?"

„Klar, meine Idee ist, daß bissel Ordnung herrscht, zum Beispiel im Betrieb in meinem Lager. Daß überall Ordnung herrscht, das halte ich auch nicht durch. Das ist wahrscheinlich nicht machbar! Bei mir zu Hause darfste ooch nicht in Schuppen gucken, da ist Polen angesagt. Aber das ist wieder was anderes. Der Schuppen gehört nicht direkt zu meiner Idee. In meinem Lager im Betrieb aber, da sorge ich für Ordnung, und das habe ich nun schon über zweiundzwanzig Jahre eisern durchgehalten."

„Das ist bekannt. Du bist der einzige, der noch die Ordnung in der sozialistischen Ordnung aufrecht hält."

„Quatsch, das hat nischt mit sozialistischer Ordnung zu tun. Ich habe nischt dagegen. Aber die Ordnung in meinem Lager ist mir zehnmal näher." Maletzke schaute leicht resignierend zu Bieler hinüber. „Ich glaube, ich rede heute bissel an dir vorbei?"

Bieler trat seine Zigarettenkippe mit dem Absatz aus. „Ja, du redest heute überhaupt bissel viel? Und mit der Ordnung ist das so eine Sache. Was man eben drunter versteht. Wenn ich immer wo was liegenlasse oder vergesse und das beharrlich durchziehe bis zu meinem letzten Tag, ist das auch eine gewisse Ordnung. Da habe ich dann wohl auch so eine Leitlinie, die ich treu verfolge?"

„Das könnte man durchaus vergleichen." Maletzke schlug einen nachdenklichen Ton an. „Gucke, ich werde nächstes Jahr fuffzig! Kinder habe ich keine, nur eben die Frau... Nu Gott, mir komm schon zurecht. Aber irgendwas möchte doch von einem mal zurückbleiben, wenn man die Schlußgrätsche gemacht hat. Mache ich mir eben so Gedanken. Ich habe auch nicht mehr den Drang, groß rauszukomm oder anzubaun. Die Ilse will zwar unbedingt die Veranda vergrößern, gut, mache ich irgendwann. Aber das ist nicht das, was ich denke, was von einem übrigbleiben müßte. Die Idee, die Leitlinie von einem Menschen sollte überdauern und nicht die Veranda! Verstehste?"

Bieler wurde langsam mulmig zumute. Er war nicht auf geistige Strapazen vorbereitet. „Ich weiß nicht, tagsüber hört er Blasmusik, abends philosophiert er. Das ist nicht normal!"

„Was willste denn sonst machen, wenn nischt beißt. Mein Onkel, armes Schwein, kam mit einen Lungendurchschuß aus dem Krieg – dauernd Rippenfell, TB und solches Zeug hat er gehabt und ist dann schließlich auch dran gestorben. Aber der hatte mal einen Orden gekriegt, im Krieg. Ich bin nicht für sowas, gar nicht. Und den Orden konnte er auch nich rumzeigen, war ein Hakenkreuz drauf. Hat er versucht, rauszufeiln – ging nich! Und dann is er noch mit der Lötlampe drüber. Der Orden sah behämmert aus, konnte man wirklich nich rumzeigen. Aber der ist noch da, liegt irgendwo bei meiner Frau im Nähzeug. Ein Stück vom Leben meines Onkels ist nicht verschwunden. Der Onkel ist noch nicht aus der Welt. Er ist damit lebendig, wenn auch nur zwischen dem Stopfgarn."

Bieler vertrug nicht allzuviel Philosophie, deshalb versuchte er jetzt energisch, dem Gespräch eine andere Wendung zu geben. „Vielleicht kriegste ooch mal einen Orden für die Ordnung in deinem Lager!"

Maletzke vergaß, daß beim Fischfang waidgerechtes Verhalten geboten war und lachte laut. „Das täte mir gerade noch fehln!“

„Oder mir fang jetzt einen Hecht! Meterfünfundzwanzig, sechzehn Kilo schwer! Kämen wir als *Fisch des Jahres in den Deutschen Angelsport,* das wäre ooch nicht schlecht.“

„Täte ooch was von uns bleim.“

Als Bieler am nächsten Morgen die Baracke betrat, saß Maletzke bei unverminderter Blasmusik am Schreibtisch und leerte die Taschen seines grauen Arbeitskittels. Muttern, Dübel, Holzschrauben, ja sogar einen echten Kupfernagel hatte er gefunden.

„Morjen!“

„Morchen!“

„Deine Blasmusik wird ja immer lauter.“

„Der Erste Mai kommt ja auch immer näher“, sagte Maletzke und drehte die Musik ein wenig leiser.

„Gehn wir demonstriern oder lieber angeln?“

„Als ob das eine Frage wäre. Was brauchstn heute?“

„Muffen.“

„Habbich.“

„Ein Schloß.“

„Habbich.“ Maletzke konnte sogar mit einem Sonderangebot aufwarten. „Kasten oder Zylinder?“

„Zylinder.“

„Habbich. Sind aber ungarische, da gibts nur drei Schlüsseln dazu."

Bieler grinste. „Is nur fürn Frauenruheraum, da reichen dreie allemal! Eener ich, eener zum BGLer, eener für die Fraun!" Er lachte schallend, verstummte aber, als die Barackentür plötzlich aufging und jemand den Gang langkam – nicht mit schlorksigem Produktionsarbeitertritt; es waren diesmal dynamische Halbschuhschritte.

„Guten Morgen."

„Morjen!"

„Morchen!"

Der Betriebsleiter war eingetreten. Eigentlich war Langrock nur Betriebsteilleiter, denn der *VEB Varioplast* gehörte zum *Kombinat Plaste und Elaste.* Aber an der Basis war er der Höchste allemal und wurde mit Kollege Direktor angeredet, was Bieler auch gleich tat.

„Gugge, der Kollege Direkter gibt uns die Ehre!"

Langrock, der sich gleich mit Maletzke ins Benehmen setzen wollte, bemerkte Bieler und kam ins Stocken. „Ach so, ich bin ja noch nicht an der Reihe..."

Bieler nickte ergeben und räumte bereitwillig seinen Platz am Ausgabebrett „Nee, machense nur, Kollege Direkter, Sie müssen sich schließlich um die Planerfüllung kümmern! Mir ham Zeit! Hä Heinz, uns läuft die Arbeit ja nicht davon!"

Langrock überlegte einen Moment, wie das gemeint sein könnte, kam aber zu keinem befriedigenden Ergebnis und wandte sich deshalb wieder Maletzke zu. „Wenn Sie heut mal nach fünfzehn Uhr in der Kaderleitung vorbeischauen könnten, Kollege Maletzke? Es ist, wie will ich mal gleich sagen, nicht ganz unerfreulich für Sie..."

Maletzke war nicht begeistert und muffelte: „Fuffzehn Uhr, da müßte ich das Lager bissel eher zusperrn."

„Und noch was, Kollege Maletzke, weil ich schon mal da bin. Ham wir Kupferrohr auf Lager?"

„Habbich."

„Dreiviertel Zoll?"

„Habbich."

„Könnten Sie mir mal zwei Meter rauslegen?"

Maletzke muffelte wieder: „Naja, aber..."

„Ach so, Sie brauchen natürlich eine Unterschrift. Ordnung muß sein! Geb ich Ihnen! Wer, wenn nicht ich?" Er zog einen Zettel aus der Brusttasche seines weißen Kittels, kritzelte etwas ziemlich Unleserliches darauf und schob es Maletzke zu. „So, damit hätte alles seine Ordnung. Guten Morgen."

„Morjen!"

„Morchen!"

Bieler angelte sich den Zettel und versucht zu entziffern: „*Kupferrohr* soll das heißen? Könnte auch *Kabelrolle* heißen oder *Kundenbuch*..."

„Kundenbuch führe ich nicht!“ sagte Maletzke und holte sich das Blatt zurück. „Weil das so schön unleserlich ist, lege ich den Wisch mal gesondert ab – kann ich vielleicht andermal variabel einsetzen.“ Er heftete den Schein gewissenhaft in einen Ordner, auf dessen Rückseite säuberlich geschrieben stand: *Irrläufer II/85.*

„Wer kann, der kann“, sagte Bieler. „So ein Chef kommt ziemlich einfach ans Kupferrohr.“

„Wer schreibt, der bleibt!“ entgegnete Maletzke mißmutig. Er gab nicht gerne Material heraus, das zweckentfremdet eingesetzt werden würde.

Bieler versuchte, ihn aufzuheitern. „Und wiedn, wasdn, heute abend wieder am Gewässer? Mir könntens mal am Kunnersdorfer Baggerloch probiern.“

Maletzke schüttelte den Kopf. „Weiß nich. Vielleicht bissel kalt noch.“

„Kalt? Ach so, wegen der Kaderleitung heute. Haste kalte Füße gekricht?“

„Äh! Ich doch nicht!“

„Nee, du nich! Wenns kalt wird, machste dir eben bissel warme Blasmusik an, hä!“

Aus dem Räumen der Betriebsleitung drang monotones Gebrabbel, zwischen das sich ab und zu das Klirren von Kaffeegeschirr mischte. Akustisch war somit alles vorhanden, was zu einer ordentlichen außerordentlichen Parteileitungssitzung gehörte. Die Parteileitungssitzungen unterschieden sich von den Betriebsleitungssitzungen nur dadurch, daß Elfriede Seiler, die zugleich Kaderleiterin und Parteisekretärin war, diesmal an der Vorderseite des Tisches saß. Bei Betriebsleitungssitzungen präsidierte Langrock. Ansonsten war der Personalaufwand der gleiche, und Werner Maske, der altgediente BGLer, der die Arbeiterklasse vertrat, dämmerte wie immer am unteren Ende des Tisches vor sich hin.

Heute hörte sich das Gebrabbel besonders bedeutsam an, denn der geschätzte Genosse Rudi Grimmig hatte vorn neben Elfriede Seiler Platz genommen. Genosse Grimmig mußte eigentlich nicht geschätzt werden, man sah genau, woher er kam: Direkt von der Kreisleitung! Als Instrukteur der Kreisleitung verfügte er über die besondere Begabung, aus jedem Abstecher in die Produktion einen Staatsbesuch zu machen. Er drückte Hände, wechselte Worte mit Werktätigen, ja er gab sogar Erfahrungen weiter, die er nicht gemacht hatte. Besonders erfreut war er aber, wenn er sich in Gästebücher eintragen durfte oder drei drahtgestützte rote Nelken überreicht bekam.

In der Kreisleitung selbst war er eine Art Laufbursche für den Zweiten Sekretär. Das wußte aber an der Basis so gut wie keiner. Langrock ahnte es schon, aber er ließ sich das natürlich nicht anmerken, – wenigstens nicht, solange der Genosse Rudi Grimmig das Wort führte, und er führte es schon bedrohlich lange.

„Also, Genossen, ich stelle euch die Sache noch emal so dar, wie sie ist: Eine Auszeichnung in Rangordnung von *Banner der Arbeit in Bronze* ist natürlich auch ein großer Vertrauensbeweis für euch und euern Betrieb und das ganze Territorium drumrum, zumal die Planerfüllung als solche nicht in jeder Position zu eurer Stärke gehört. So einen Vertrauensbeweis täte ich mir mal nicht durch die Lappen gehen lassen. Davon abgesehen, daß es dazu einen bindenden Beschluß der Kreisleitung gibt, könnt ihr natürlich entscheiden, wie und was ihr für richtig haltet. Ich will euch da nicht neinreden. Es gibt zum Beispiel in der sowjetischen Gegenwartsliteratur eine durchaus ähnlich geartete Problematik: Nimmt doch eine ganze Brigade die Prämie nicht an, nur weil sie den Plan nicht erfüllt hat! Ist bei uns schwer vorstellbar, aber gut, wenn ihr in diesem Punkte mal von der ruhmreichen Sowjetunion lernen und mit nach vorn preschen wollt?..."

Langrock winkte erschrocken ab. „Nein, nein, Genosse Grimmig, wir fahrn eure Linie schon mit. Nur, wir warn uns da mit der BGL einig – ist doch so Werner, oder?..."

Der BGLer nickte stupid vor sich hin, und Langrock fuhr fort: „Wir sind uns da nur nicht sicher, ob wir in dem betreffenden Fall würdig genug sein würden – sein täten, also wären, um uns hier voll einzubringen. Ums mal praktisch zu sagen, wir sind alle durchgegangen, die in Frage kommen könnten, aber wir ham keinen gefunden. Sogar unsere Veteranen sind im vergangenen Jahr auszeichnungsmäßig total abgedeckt worden. Und im neuen Jahr gibts eben noch nicht die herausragende Leistung fürn *Banner.* Ist doch so Elfriede oder?..."

Die Seiler nickte eifrig und ergänzte kritisch: „Das ist schon so, wie der Genosse Langrock sagt. Aber, wenn mir mal ehrlich sind, mir ham die Sache auch ein bissel schleifen lassen."

„Das kommt, selbstkritisch gesehen, noch dazu!" Langrock nahm den Faden wieder auf und versuchte ihn an Maske weiterzugeben. „Nu, wir ham dann den Werner in die Spur gesetzt, gelle Werner?..."

Maske nickte wieder vor sich hin.

„... und der Werner hat uns einen Vorschlag erarbeitet. Die Elfriede hat ihn dann noch durchgecheckt, den Vorschlag, gelle Elfriede?..."

Elfriede nickte zustimmend: „Aktuell liegt diesbezüglich nischt Negatives vor!"

„Also, langer Rede kurzer Sinn. Wir ham jetzt einen Kandidaten für die Auszeichnung! Ist der Maletzke, Heinz. Einwandfreie Herkunft! Alte Arbeiterklasse, macht seit über zwanzig Jahren bei uns das Lager! Dort herrscht Ordnung, kann man sagen, hä, Werner?"

Maske nickte wieder automatisch vor sich hin.

„Und irgendwie hat der es geschafft, daß er fast alles am Lager hat, was mir brauchen. Entweder er bestellt rechtzeitig, oder er hält das Zeug zusammen. Vielleicht kommt das davon, daß er einfach nur ein bissel Ordnung walten läßt in seinem Lager. Ganz normal ist das heutzutage nämlich nicht!"

„Du hast ihm aber noch vor zwei Jahren eine Neigung zu kleinbürgerlicher Vorratswirtschaft in die Beurteilung geschrieben", sagte die Seiler nicht ohne kritischen Beiklang in der Stimme, denn sie pflegte ihre Autorität ab und zu durch wachsame Zwischenbemerkungen zu stärken.

Langrock war auf den Einwand vorbereitet und konterte. „Das war bloß, weil damals seitens der Kreisleitung die ökonomische Wachsamkeit verstärkt angesagt war. Heute sehn wir das wieder ganz anders. Es ist ja für die Planerfüllung nicht ganz unwesentlich, wenn mal Material anliegt, nor Werner?"

Maske nickte wie immer.

„Damit liegst du völlig auf der Linie der Kreisleitung, Genosse Langrock", warf Genosse Grimmig schnell ein, denn er hatte beobachtet, daß die Genossin Seiler ebenfalls einen positiven Einwand auf Lager hatte. Bei positiven Einwanden aber hatte naturlich die Kreisleitung das Primat.

Langrock nutzte die produktive Grundstimmung, die sich breitzumachen schien, um ein letztes Wermutströpfchen in den Auszeichnungskelch zu träufeln. „Ein Problem ist allerdings, daß man den Maletzke nicht grade als gesellschaftlich hochgradig aktiv einstufen kann."

„Ja, aber im *Deutschen Anglerverband* ist er Gewässerwart!" Jetzt war die Seiler mit ihrem positiven Einwand richtig gewesen. Rudi Grimmig quittierte das mit beifälligem Nicken, obwohl er weder wußte, was ein Gewässerwart war, noch ob das eine gesellschaftlich wertvolle Tätigkeit darstellte.

Langrock faßte zusammen: „Sagen wir also so: Parteiloser Genosse im weitesten Sinne. – Mir sind uns da natürlich voll im klaren, daß das *Banner* in der Wertigkeit vielleicht für so einen gleich zu hoch gegriffen ist. Aber *Aktivist* war er schon vor vier Jahren, und *Kollektiv der sozialistischen Arbeit* kömmer ihm nicht geben, ist ja so gut wie immer alleine in seinem Lager, hä, Werner?"

Maske war eingenickt.

Der Genosse Grimmig ergriff jetzt entschlossen die Initiative und schickte sich an, die Schlußkurve zu kriegen, denn für fünfzehn Uhr fünfzehn war das Auto bestellt, das ihn in die Kreisstadt zurückbringen sollte. „Also Genossen, versteht mich da mal nicht unnötig falsch, ich will euch da wirklich nicht reinreden – aber ich freue mich natürlich, daß wir den Beschluß der Kreisleitung wieder mal hundertprozentig umsetzen können. Und der hier, dieser Dings, der Maletzke, das ist also ein bewußter Vertreter?“

Langrock nickte. „Könnte man durchaus sagen. Da gibt es so eine Geschichte, der Werner kann die besser erzählen...“

Maske schreckte hoch, bekam aber gerade noch mit, daß man diesmal etwas anderes verlangte, als mit dem Kopfe zu nicken und fragte mißtrauisch. „Du meinst die Schdorrie mit den Nägeln?“

„Freilich, erzähle mal.“

Maske begann umständlich: „Nu also, der Maletzke, der hebt ja jeden Dreck auf. Jeden Nagel, jede Klammer, jede Schraube, alles was mer noch irgendwie verwenden kann, und was wo rumliegt, das steckt der ein. In seinem Lager steht eine Blechkiste, da tut der das alles nein. Zum letzten Betriebsvergnügen hat er eine alte GST-Plane mitgehabt, die war zugebunden, so daß man nich sehen konnte, was drinne war. Auf der Bühne hatte er dann eine Fischwaage aufgehängt, also wo man sonst so die Fische dran aufhängt...“

Langrock drängte zur Eile, denn er sah, daß Grimmig ungeduldig wurde.

„Jedenfalls hat er das Bündel gewogen. Warn über zwanzig Kilo. Dann hat er die Plane aufgemacht, und raus kamen die Schrauben, Nägel, Muttern, die er bei uns im Betrieb in einem Jahre zusammengefunden hatte – konnte man alle noch verwenden!“

Genosse Grimmig erhob sich zum Schlußwort, denn Schlußworte mußte man im Stehen halten.

„Genossen“, sagte er herzlich, „überall, wo ich hinkomme, klappts nicht, und überall kann ich ja nu auch nicht sein. Da freue ich mich über ein solches hervorragendes Beispiel. Dieser Maletzke ist ein Werktätiger mit einem neuen Bewußtsein, was wir brauchen. Genosse Langrock, ich bin dir sogar sehr verbunden, daß du die Geschichte erzählt hast. Ich meine, da steckt doch eine gewisse ideologische Aussage drinne! Ich werde das auch so an unsern Ersten herantragen. Der sucht für seine Referate immer solche herausragenden Beispiele aus der Praxis...“

„Wenn du mit ihm noch paar Worte wechseln willst, ich hab ihn für fünfzehn Uhr bestellt.“

Langrock wollte Grimmig damit noch eine besondere Freude machen, hätte er doch einem Werktätigen aus der Arbeiterklasse kurz vor seiner Abreise persönlich die Hand drücken können. Aber Grimmig winkte ab, er hatte heute wirklich genug gedrückt. Sein Auto wartete. Er sagte nach allen Seiten nickend und schon auf halbem Wege: „Macht mal alleine weiter, Genossen, ihr seid doch auch wer. Mit Eigeninitiative und Kampfkraft löst ihr das allemal!“

Der einzige große Spiegel, den die Meltzkes besaßen, hing im Flur. Der Flur war aber sehr eng, und wenn einer eine Gesamtansicht seiner Person haben wollte, mußte er einige Schritte zurücktreten. Wenn man aber einige Schritte zurücktreten wollte, mußte man die Schlafzimmertür aufmachen. Im Schlafzimmer saß Frau Maletzke auf dem Bett und lachte. Ilse Maletzke lachte selten und noch seltener über ihren Mann. Heute aber lachte sie, daß sich das Bett bog. „Du siehst aus wie..." Sie traute sich das Wort nicht auszusprechen, denn Maletzke neigte durchaus manchmal zu cholerischen Anfällen. Sie sprach das Wort also nicht aus, lachte aber besonders laut darüber.

Maletzke schenkte dem Flurspiegel und seiner Frau gleichermaßen finstere Blicke und schwieg. Seit einer geschlagenen halben Stunde versuchte er, die geeignetste Anzugsordnung für eine Ordensverleihung herzustellen. Was er jetzt anhatte, war sein letzter Versuch, und sie lachte auch noch darüber...

„Sage mal, wann hatstn den Anzug das letzte Mal an?"

„Na, vor zwölf Jahren, wie mer die Mutti zu Grabe getragen ham."

Frau Maletzke fing sich endlich. „So siehste auch aus! Also von der Farbe her kommts hin, aber ich weiß nich, ob ich dich so gehen lassen kann? Mache wenigstens einen bissel lebhaften Schlips dran. Den mit den roten Noppen."

„Ich habe auch noch den gestrickten weinroten ...“

„Der war mal vor zehn Jahren Mode!“

„Und der graue Lederschlips, der müßte doch zu dunkelblau in einer gewissen optischen Beziehung stehen?“

„Leider nich, das wirkt halbseiden. Du bist doch nicht beim Zirkus! Nimmste den genoppten ...“

Maletzke ließ sich breitschlagen. „Gut, der is wenigsten schon gebunden.“ Er würgte sich den Schlips um und zog ihn zusammen. Das weiße Dederonoberhemd ließ sich am Hals nicht mehr schließen, Maletzke hatte in den letzten zehn Jahren seine Halsweite um zwei Nummern gesteigert, aber der Schlipsknoten verdeckte mildtätig den offenen oberen Knopf.

Frau Maletzke kam hoch vom Bett, stellte sich prüfend zurecht und scheuchte ihren Mann aus dem Schlafzimmer. Sie brauchte Distanz. „Laß dich mal angucken. – Irgendwie siehst du noch immer traurig aus und so nacksch auf der Brust.“

„Weiß nich, was du meinst.“

„Irgendwie fehlt was!“

„Freilich fehlt was. Die Orden fehln mir. Stand ja dick in der Einladung drinne: Orden und Ehrenzeichen sind anzulegen.“

„Und wer keene hat?“

„Sieht eben nacksch aus.“

Frau Maletzke hatte wieder einen Einfall, der sie zum Kichern brachte: „Kannst ja den Orden von deim Onkel umschnalln, wo er das Hakenkreuz rausgekratzt hat."

Maletzke reagierte nicht, er dachte nach. „Ich könnte höchstens mein DAV-Abzeichen nanmachen..."

„Ein Angelvereinsabzeichen ist doch kein Orden!"

„Orden nicht, aber ein Ehrenzeichen!"

„Na, dann machs doch dran!"

„Gut, wenn ichs finde, mach ichs dran!"

Frau Maletzke schob ihren Mann in den Flur zurück und schloß die Schlafzimmertür. Dann legte sie sich wieder aufs Bett. Müde war sie nicht, aber gleich würde sie der nächste Lachanfall heimsuchen.

Das Kunnersdorfer Baggerloch war an und für sich ein schönes Angelgewässer, drei Hektar Wasserfläche von niedrigem Gebüsch und Schilf umstanden, das aber überall Lücken zum Ansitz freiließ. Wenn man sich die vier grauen Schornsteine und die zwei gewaltigen Kühltürme wegguckte, die von Süden her die Gegend kilometerweit überragten, konnte man sich durchaus vorstellen, an einem einsamen Heidesee zu sitzen. Bieler hatte gelernt, über große Dinge hinwegzusehen. Er saß immer, wenn ihm danach zumute war, an einem Heidesee und beschäftigte sich mit den kleinen Dingen. Auch am Nachmittag des Ersten Mai, des Kampftages aller Werktätigen, schlug er sich mit kleinen Dingen herum. Als Maletzke endlich ankam und sein Rad zwischen die Büsche stellte, versuchte er gerade mit seinen hornhäutigen Knuppelfingern kleine, quicklebendige Maden an einen sechzehner Haken zu piepeln.

„Petri!"

„Petri!"

„Und?"

„Nu wieder nischt. – Ich dachte schon, du läßt dich heute nicht blicken."

Maletzke tat erstaunt. „Warum soll ich denn nicht komm?"

„Naja, Orden verpflichtet. Wern Orden umgebammelt kriegt, muß ja den Ersten Mai bis zur bitteren Neige mitmachen."

„Naja, an der Tribüne mußte ich natürlich noch vorbeitigern. Aber dann bin ich gleich rechts weg in die Büsche."

„Hatstn dran gehabt?"

Maletzke wollte erst so tun, als wüßte er nicht, wovon Bieler redete, aber dann unterließ er es. Eigentlich wollte er ja ganz gerne ausgefragt werden. „Nu klar", sagte er und bemühte sich durchklingen zu lassen, daß er der Sache durchaus mit einiger Distanz gegenüberstand, „die frischen Ordensträger sind speziell in einem eigenen Marschblock zusammengefaßt worden. Der Langrock wollte mir doch von der Tribüne aus zuwinken. Da macht mer halt so einen Quatsch schon mal mit. Ich hab ihn dann aber gleich nach der Tribüne runtergetan und in die Anoraktasche gesteckt. Müßte er noch drinne sein."

„Zeige mal her!"

Maletzke tat so, als müsse er erst überlegen, aus welcher Tasche er ihn wohl vorzaubern könne. Schließlich hatte er ihn und warf ihm Bieler in die ausgestreckte Hand. Der Orden klimperte.

„Ganz schöner Kaventsmann. Hat sein Gewicht. Ehrlich, sieht irgendwie beeindruckend aus. Und", er schaute Maletzke mißtrauisch an, „war ooch bissel was dazu?"

„Kuvert war dazu."

„Mit was drinne?"

„Kannste annehm!"

„Na, da könntste doch mal was springen lassen."

„Klar, mach ich ooch, muß aber auch der Ilse was zukommen lassen."

„Wollt euch wohl in die Unkosten neinstürzen und ein hochwertiges Konsumgut anschaffen?"

„Nee, aber die Veranda muß ausgebaut werden. Das Geld stecke ich ins Material!"

Bieler spielte mit dem Orden herum, ließ ihn klimpern und in der Sonne blinken. Dann sagte er plötzlich: „Und? Fühlste dich nu besser?"

„Wie besser?"

„Neulich haste doch so wehleidig rumphilosophiert. Von einer Leitlinie, an der sich der Mensch festhalten muß, damit er aufm Totenbett nicht so viel Schuhe zu putzen braucht. Ist dein Orden sowas, woran du dich festhalten kannst?"

Maletzke war sich nicht sicher, welche Wendung das Gespräch nehmen würde und antwortete deshalb vorsichtig: „Na, das kann man schlecht sagen: Aber immerhin ist es schon ein kleiner innerer Vorbeimarsch, wenn mal bemerkt wird, daß einer sein Zeug in Ordnung hält."

Bieler hatte endlich seine Maden aufgespießt und riskierte einen vorsichtigen Wurf. Dann wechselte er das Thema. „Orden hin und her, aber man könnte ooch einen Hecht fangen!"

„Freilich, man kann auch einen Hecht fangen! Nur heute beißt ja wieder nischt!"

„Sage das nich!" In Bieler erwachte die Jagdleidenschaft. „Da drüm, wo das alte Gestrüpp ins flache Wasser ragt, hat vorhin einer geraubt. Muß ein Mordsemmes gewesen sein! Eine Welle hat der aufgeworfen, wie wenn der Bombenfischer mit der Karbidflasche zugange is!"

Der Hecht mußte auf das Stichwort gelauert haben, denn er machte wieder einen eindrucksvollen Schnalzer. Es platschte mächtig, kleinere Wellen breiteten sich kreisförmig aus und ließen Bielers Pose hüpfen.

„Gucke, das war er wieder! Genau die gleiche Stelle wie vorhin. Der steht da irgendwo unter dem Gebüsch und lauert! Wenn wir jetzt... Aber ich habe das Karpfengeschirre dran, und paar kleine Rotfedern als Köder ham wir auch nich."

Maletzke seufzte wehmütig: „Und ich habe heeme einen herrlichen neuen Heintz-Blinker, der hätte genau die richtige Größe. Aber is ja sowieso noch Schonzeit."

„Wieso Schonzeit?"

„Bis heute vierundzwanzig Uhr dauert die Schonzeit, ab 2. Mai dürfmer!"

Bieler wußte natürlich genau, wie lang die Schonzeit für Raubfische andauerte, aber er handelte sie ein wenig herunter. „Fehln nur noch zehn Stunden! – Gucke mal, im fernen Osten, hinten in Sibirien, da ist jetzt schon der 2. Mai! Und von der Sowjetunion lernen, heißt fischen lernen!"

Maletzke war gerade dabei, seinen Orden wieder im dazugehörenden rotsamtenen Schächtelchen zu verstauen. Plötzlich zögerte er und sagte so ganz beiläufig: „Der *Banner* hier hat beinahe das Gewicht und die Größe wie der Heintz-Blinker! Sogar von der Farbe her ist er nicht unattraktiv: rötlich und goldig! Wenn der durchs Wasser gezerrt wird, könnte man den, wenn man sich in so einen Hecht neinversetzt, durchaus für eine Plötze oder Rotfeder halten. Hat schon was, das Ding!" Er kramte in seiner

Angelkiste und zog einen mächtigen Drillingshaken heraus. Dann nahm er den Orden und hielt den Drilling davor. „Wenn ich jetzt an der einen Seite vom Banner einen Drilling dranmachn täte, nur mal angenommen..."

Es klickte.

„Und an die andere Seite vom Orden käme ein Drahtvorfach mit Wirbel..."

Es klickte wieder.

„Also, so gut wie mein Heintz-Blinker ist der nicht, aber immerhin! Also, wenn so ein Hecht ausgehungert ist, der geht auf alles, was sich bewegt! Auf der einen Rolle habe ich noch eine vierziger Leine, müßte ich nur noch schnell montiern, und dann könnte ich durchaus mal einen Wurf ansetzen."

„Na mach doch!"

„War doch nur so dahergeredet! Bin doch nich blöde!"

„Feigling! Riskiere doch mal was!"

Maletzke schaute mit entschlossen nach unten gezogenen Mundwinkeln auf den grinsenden Bieler und sagte dann mehr zu sich selbst: „Na gut, warum nicht? Vielleicht ist wenigstens der Spaß was wert!"

Er montierte seine Rute und überprüfte den Lauf der Rolle. Dann ging er vorsichtig näher ans Ufer. Mit leicht gespreizten Beinen suchte er den Halt, den man für einen relativ weiten und flachen Wurf braucht. Endlich warf er. Die

Rutenspitze bog sich, pfiff, und setzte den seltsamen Köder in Schwung. Der Orden nahm dreißig Meter Leine und schlug nach unruhiger Luftfahrt doch einigermaßen hart aufs Wasser. Maletzke riß die Rute nach oben und nahm Leine zurück. Er mußte den schweren Köder flach führen, denn der drohte schnell abzusacken. Am Grunde lag noch mehr von diesem blöden Gestrüppzeug, welches an dieser Stelle das Ufer verschandelte, der Köder durfte da nicht hineinsacken! Der Drilling würde sich unweigerlich verhaken, und der Orden wäre dann unwiederbringlich verloren.

Maletzke kurbelte zwei-, dreimal an seiner Rolle, dann begann er zu lachen. Es war eben ein Witz, Anglergaudi! Plötzlich stockte er erschrocken, wurde käseweiß und konnte vor Erregung kaum noch sprechen.

„Du, Armin, ich habe einen dran! Ich dachte erst, ich hänge im Gestrüpp, aber jetzt merke ich, das lebt!"

„Drehe jetzt nich durch. Denke an was Harmloses. An Puddingsuppe meinetwegen oder an die Fußballer von Lok! Zähle bis zehne und dann haue nochemal an!"

„Nenee, nich nötig! Ich merke, der is fest!"

„Biste ooch sicher?"

„Klar, ich weeß doch, wie ein Hecht zieht Jetzt jedenfalls versucht er eine Flucht!"

„Lasses noch nicht drauf ankommen, Heinz! Gibbe bissel Leine!"

„Ooch, wenn ich den rauskriege! Du, mir isses vor Aufregung ganz flau im Magen!" Maletzke kurbelte gefühlvoll, gab Leine, zog wieder, parierte eine Flucht und versuchte mit geschickten Bewegungen der Rute, den Fisch davon abzuhalten, sein Heil im Ufergestrüpp zu finden. Endlich stammelte er mit heiserer Stimme: „Du, ich glaube, jetzt isser soweit!"

Bieler, der bis dahin bewegungslos neben Maletzke gestanden hatte, räumte das Ufer frei und schmiß seine Ruten achtlos zur Seite. Dann kämpfte er sich wie ein Wildschwein durch das zartbegrünte Gebüsch und bahnte sich Luftlinie eine Schneise zu seinem Trabbi. Angleralarm Stufe drei! Schweres Gerät mußte herangeschafft werden!

„Heinz, halte ihn bloß schön flexibel! Ich habe ein Gaff mit! Wenn nur die Schnur hält! Den kriegen wir raus, und wenn ich mich bis zur Unterlippe in den Schlamm neinstürzen müßte!"

Die Kleingartenanlage hieß *Fortschritt,* das ließ sie sich zwar kaum anmerken, aber sie hieß eben so. Die Anlage besaß beinahe den Status eines richtigen Naherholungsgebietes, denn sie verfügte über eine eigene Gartenkantine. Die Kantine hatte ganz offiziell einen Kommissionsvertrag mit dem Konsum und hieß deshalb dokumentenamtlich: *Öffentliche Versorgungs-*

einrichtung des Naherholungsgebietes „Fortschritt“. Inoffiziell hieß die Einrichtung aber immer nur *Lyse*, was von Elysium kam, wie die Kneipe in den zwanziger Jahren ursprünglich einmal geheißen hatte. Der Betreiber hieß Jo, was wiederum von Joachim kam. Jo Winkler war praktischerweise nicht nur Kantinenbetreiber, er war auch der Vorsitzende der Sektion Angelsport der BSG des *VEB Varioplast.* Das war sehr vorteilhaft für beide Seiten, die Angelfreunde hatten damit ihr angestammtes Vereinslokal, und Winkler hatte auch im Winter, wenn für die Angelsportler die fischarme aber versammlungsreiche Zeit anbrach, ein gewisses saisonunanfälliges Stammpublikum.

Jo Winkler war aber nicht nur Multifunktionär auf Angler- und Schrebergartenebene, er war auch Organisationstalent und Stimmungskanone zugleich.

Heute zum Beispiel fungierte er als Stimmungskanone, denn für Essen und Trinken war schon gesorgt, und die Bezahlung war auch geregelt, dafür stand ein gewisser Maletzke zur Verfügung. Winkler war vor allem für seine Sprechchöre berühmt. Anläßlich der Maifeierlichkeiten stand er immer dem Tribünensprechchor vor, der sich aus etwa zehn Schülern der örtlichen Grundschule und einer Handvoll Laiendarstellern des Arbeitertheaters des *VEB Varioplast* rekrutierte.

Berüchtigt waren vor allem Winklers Angel-Sprechchöre, die sich aber von den Sprechchören anläßlich der zu Ende gegangenen Maifeierlichkeiten gewaltig unterschieden, weil sie eine wenig mehr, wenn auch nur fischorientierte Heiterkeit ausstrahlten.

Winkler war der unumstrittene Vorschreier und drückte gegen jeden Widerstand eisern durch, daß auf sein Zeichen hin immer alle zurückbrüllten, was er vorher mühselig mit den Angelfreunden einstudiert hatte.

„Wir haben ihn gewogen“, dröhnte er gerade, und alle antworteten gehorsam und gereimt, „zwanzig Kilo ungelogen!“

„Einen Meter fünfundvierzich!“

„Und wers nicht glaubt, der irrt sich!“

„Das haben wir gemessen!“

„Jetzt wird der Hecht gefressen!“

Damit war das große Startzeichen zum Hechtgelage gefallen. Der offizielle Teil war vorüber. Die Petri-Heil-Rufe hatten das Lokal beben lassen, und eine, dem Anlaß geschuldete, neu gedichtete Strophe zur Anglerhymne war auch abgesungen worden. Maletzke selbst kam aber noch nicht in den Genuß seines Fisches, denn Winkler machte sich von hinten an ihn heran und brüllte ihm inoffiziell ins Ohr:

„Also Sportfreund Maletzke, nochemal und auch in meinem allerpersönlichsten Namen die herzlichsten Glückwünsche für deine großartche

Tat! Wir sind als Sektion natürlich sehr stolz auf deine angelsportliche Leistung. Und ich will nicht zuviel sagen, die nächste Jahreshauptversammlung als solche ist zwar erst im Dezember – aber für uns bist du heute schon einmannfrei der *Fisch des Jahres.* Überregional im Bezirk müssen se sich jetzt tüchtig strecken, um da noch mitzukomm. Die *Goldene Flosse* unserer Sektion Angelsport ist dir als solche erstemal sicher. – Naja, golden isse nicht direkt – eher eine Art elongsiertes Alu –, sieht aber nicht schlecht aus. Habe ja selber zweie! Macht schon was her in der Schrankwand. Und jetzt kommt die Hauptsache! Morgen schicke ich dir die amtlichen Anmeldeformulare zum *Fisch des Jahres*! Mußte als solche ausfüllen und an den *Deutschen Angelsport* schicken, klar! Vielleicht kommen wir mit dir im Republiksmaßstab auch noch ganz groß raus!

Bieler, der als zweiter Hauptheld des Abends natürlich neben Maletzke saß und schon mächtig mampfte, hatte auch noch einen kleinen Beitrag in den allgemeinen Freudenbecher zu kippen.

„Und ich präpariere dir den Kopp. Habe ihn vorsichtshalber schon weggetan. Sonst hätten sie den vermutlich heute mit gefressen! War zwar ein Kaventsmann, der Hecht! Aber zwanzig Leute putzen was weg! Jedenfalls ist er jetzt in Sicherheit! In vierzehn Tagen isser fertig, der

Kopp. Der wird jetzt eingelegt in eine Brühe, die das Wasser dem Gewebe zieht und dann..."

Er nickte Maletzke vielsagend zu, haute ihm begeistert auf die Schulter und hob sein Glas, als wolle er anstoßen. Aber das Glas war schon wieder leer. „Ja, weil wir gerade beim Wasserrausziehn sind, ein neues Bier könnte ich jetzt durchaus noch vertragen."

Maletzke schüttelte und schüttelte seinen Kopf. Er war benommen und glücklich und noch lange nicht in der Lage, mit allen Sinnen an seinem eigenen Festessen teilzunehmen. Er sagte deshalb einfach nur: „Wende dich an den Jo, der vertritt mich heute nach allen Seiten." Dann schüttelte er wieder den Kopf.

„Morjen!"

„Morchen."

Bieler war im Materiallager erschienen und wunderte sich, daß das Begrüßungszeremoniell von Maletzkes Seite her nicht mit der gebührenden und gewohnten morgendlichen Frische abgewickelt wurde. Auch das grüne Kofferradio hüllte sich in Schweigen.

„Hörst wohl gar keene Blasmusik mehr?"

„Der Erste Mai is ja vorbei."

„Na, darauf nimmste doch sonst keine Rücksicht! Hast wohl gestern ahmd das letzte halbe Bier verwechselt?"

„Womitn verwechselt?"

„Na, mit der halben Flasche *Blauer Würger,* die da auch noch auf dem Tisch stand!"

Maletzke sah auf, denn er saß, was sonst auch nie seine Art war, an seinem gelben Schreibtischchen. „Du, ich bin heute ganz und gar nicht humoristisch aufgelegt!"

„Hastn dicken Kopp? Ob ein Brumschädel in diesem Bereich überhaupt zugelassen ist?" Er wies auf das mit einer Mainelke geschmückte Schild, das seit einigen Tagen über Maletzkes Schreibtisch hing. Maletzke hatte sich eine Urkunde gerahmt. Der Rahmen war natürlich mit roter Alkydharzfarbe gestrichen. *Vorbildlicher Bereich der Ordnung und Sicherheit* stand dort und drohte jedem, der Maletzkes Reich betreten mußte.

Maletzke winkte ab. „Das Schild dort meinste? Habe ich jetzt mal wieder öffentlich offgehängt. Das steht schon einen paar Jahre hinterm Schrank, das ist sogar inventarisiert."

„Orden verpflichtet!" Bieler grinste.

„Quatsch. Was brauchstn?"

„Nischt!"

„Nischt? Das wäre ja das erste Mal!"

Bieler fingerte ein fein säuberlich zusammengefaltetes Formular aus seiner Brieftasche und schob es über das Ausgabebrett. Blasse lilablaue Buchstaben und ein leichter Spiritusgeruch kündeten davon, daß es erst heute geormikt worden war. Der Schriftsatz saß wie immer ein wenig schräg auf dem Blatt. „Der Winkler, Jo hat das Ding heute früh noch durchgezogen. Sollste jetzt gleich ausfülln!"

Maletzke stöhnte: „Grade heute, und das mit meim Kopp!"

Bieler holte sich das Blatt wieder zurück und zückte einen Kugelschreiber. „Mir machens zusamm, is ausnahmsweise nich viel, was sie wissen wolln. – Name des Sportfreundes, – das ist Maletzke, Heinz. – Sektion Angelsport, der Betriebssportgemeinschaft des VEB Varioplast. Die Zeugen, sind Winkler, Johannes und Bieler, Armin, – als wie ich. Biste doch einverstanden? Ich war doch dabei und hatte das Vieh am Gaff!"

Maletzke nickte ergeben.

„Das Foto von dem Fisch legen wir sicherheitshalber auch noch mit bei." Bieler legte großen Wert auf das Foto, denn da war er schließlich mit drauf. Maletzke hatte für das Bild den kapitalen Hecht unter die Kiemen gefaßt und hielt das fast halbzentnerschwere Tier mit sichtlicher Mühe vor seinem Körper. Bieler dagegen stand vom Fisch unverdeckt und mit in die Hüften gestützten Armen breitbeinig daneben. Er grinste gutmütig und sah wie der eigentliche Sieger aus. „So, jetze noch die rein statistischen Angaben: Gewicht?"

Maletzke klinkte sich ein: „Zweiundzwanzig Kilo warns."

„Klar, hammer. – Maße?"

„Meter vierzig."

„Eins Komma vier null Meter. – Jetzt: Gewässer?"

„Kunnersdorfer Baggerloch!"

„Baggerloch habbich. – Jetze noch Köder?"

Maletzke zögerte: „Nu, eigentlich – Banner der Arbeit, in Bronze!"

Bieler fuhr mit dem Kugelschreiber unter die Mütze und kratzte sich bedächtig den Haaransatz. „Meinste, das sollten wir so unverblümt hinschreiben. Klingt bissel eigenartig. Heintz-Blinker klänge wesentlich entspannter und ist so falsch wiederum auch nicht, denn du heißt ja schließlich Heinz..."

„Ja, aber es war eben kein Heintz-Blinker, es war der Banner!"

„Ist ja gut! Ich mein ja nur. Auf Banner sind die beim *Deutschen Angelsport* vielleicht gar nicht eingerichtet..."

„Es war aber der Banner! Banner in Bronze!"

„Gut, dann eben: Banner der Arbeit in Bronze! Wie du willst! Das wars dann. Den Sektionsstempel hat der Jo schon blanko droffgedrückt, und nu ab die Post." Er faltete das Blatt wieder sorgsam zusammen und gab damit zu erkennen, daß er den Rest auch noch erledigen würde. Als er Maletzkes mißtrauischem Blick begegnete, meinte er schnell: „Ich lasse es schon nicht liegen, brauchste mal keine Angst zu ham!" Und als Maletzke noch immer schwieg, fügte er hinzu: „Und wiedn, wasdn – heute ahmd wieder am Gewässer? Probiern mers mal in der Blaschwitzer Senke."

„Nee, diese Woche lasse ichs, und mein Kopp muß ich auch erst wieder auf Vordermann bringen!"

Bieler knurrte im Abgehen grämlich: „Klar, hast ja in diesem Jahr für deine Verhältnisse schon genug gefang!"

Maletzke grinste, und als Bieler weg war, trottete er zum Kofferradio und suchte seinen Haussender. „Ich globe, jetzt gehts mir schon besser, könnte sogar wieder bissel Blasmusik zu mir nehmen."

Frau Maletzke saß diesmal nicht auf dem Bett und lachte, das tat sie ohnehin nur alle zehn Jahre, denn als Verkäuferin im *Haus der 1000 Dinge* hatte sie herzlich wenig zu lachen.

Maletzke aber war in Honiglaune. Er hatte Appetit auf ein Schnäpschen, was er sich zu Hause aber nicht ohne Einwilligung seiner Frau gönnen wollte. Er schaute seine Ilse lange und süßlich lächelnd an, dann sagte er plötzlich entschlossen: „Wiedn, trinkste een Kleinen mit?"

„Ach nee, jetzt nich erst. Und du mit deinen ewigen Rachenputzern..."

„Nein, wir trinken heute ganz was Gutes!" Er hatte sich durchgerungen, aus seiner kostbaren Mini-Flaschen-Sammlung einen Edelstein zu brechen. Feierlich holte er ein Fläschchen hinter dem Schiebeglasfenster aus der Schrankwand hervor und öffnete es liebevoll. Es war Apricot-Brandy. Sie tranken nacheinander aus dem Fläschchen. Ilse nippte nur, sie wollte ihrem Mann den Spaß nicht verderben. Maletzke hatte also noch einen zweiten Schluck, dann schloß er die Flasche wieder sorgfältig. Irgendwann würde er farbiges Wasser für den Schnaps nachfüllen. Er fühlte sich runderneuert. Der Fernseher flackerte wohlig und übertrug eine Volksmusiksendung. Ganz leise ertönte zärtliche Blasmusik.

Maletzke hockte sich neben seine Frau und hauchte ihr zärtlich ins Ohr: „Noch en Kleenen? E ganz Kleenen, Zerlaatschten?"

Frau Maletzke aber war nicht bereit, die Sehn- und Trunksüchte ihres Manne zu teilen. „Ich habe morgen Haushaltstag. Da kann ich nich mit schweren Kopp rumhäng. Du gehst auf Arbeit, da kannste in aller Ruhe ausnüchtern. Ich habe Wäsche und Wege."

„Wasn für Wege?"

„Wegen der Veranda, Handwerker aufstöbern, Du rührst dich ja nich!"

„Ich habe die Veranda nicht ausm Auge verlorn! Ich mache das schon noch. Lasse nur erstemal die Frühjahrsfeuchtigkeit ausm Mauerwerk rauskriechen. Bis dahin habe ich noch ein anderes Projekt durchzuziehn, dann mache ich die Veranda schon."

„Wassn fürn Projekt?"

„Ach, nur für Langrockn so eine Sache. Ich will das Lager bissel umschtrukturiern."

Frau Maletzke erhob sich. Für sie war der Heimabend beendet. „Wirst jetzt wohl auch noch ein junger Neurer! Dein Orden hat dich ganz schön auf Trapp gebracht!" Sie verschwand grußlos in Richtung Schlafstube.

„Vielleicht hat mich der Hecht zu neuem Leben erweckt!" rief Maletzke ihr hinterher. „Der Hecht hat ihn zu neuem Leben erweckt!" wiederholte er. Der Satz gefiel ihm. So ein Satz könnte durchaus auf meinem Grabstein stehen, dachte er und ging noch einmal zu seinen Miniflaschen. Dort wählte er lange und mit Bedacht. Dann nahm er einen Nordhäuser.

Die Blaschwitzer Senke war ein verrufenes Gewässer. Sie galt als illegaler Badesee, und im Sommer konnte man sich dort schwer ein ruhiges Plätzchen für die Fischwaid abstecken. Immerfort paddelten und plantschten nackte und halbnackte Gestalten zwischen den Posen herum. Aber jetzt, in der dritten Maiwoche, war es noch lausig kalt, die Eisheiligen hatten in diesem Jahr Planrückstand, und die Blaschwitzer Senke lag menschenleer zwischen ehemaligen Abraumhalden.

Bieler war trotzdem ans Gewässer gefahren, denn er hatte mit sich große Probleme. Er war in Zugzwang, denn er wollte sein Gesicht als Profi-Angler nicht verlieren. Irgend etwas mußte heute an den Haken, wenn schon kein Hecht, so doch wenigstens ein Karpfen. Ein strammer Sechspfünder wäre ihm recht gewesen. Bieler war natürlich bestens ausstaffiert. Leuchtposen hatte er sogar dabei. Die Schwiegermutter war im Westen gewesen, hatte Westgeld – fünfzig blaue Fliesen, die sich Bieler in harter Feierabendtätigkeit privat verdient hatte – erfolgreich durch den Zoll geschmuggelt und alle Angelbestellungen gewissenhaft erledigt. Die neuartigen Leuchtposen konnte Bieler heute nicht einsetzen, denn Nachtangeln war noch nicht angesagt, und der Aal lief ja bestenfalls ab Ende Mai. Dafür hatte er aber Madenfarbe und Karpfenteigaroma aus dem Westen. Wenn er schon nichts fing, so hoffte er wenigstens, Maletzke damit ein wenig zu beeindrucken.

Maletzke kam ziemlich spät und nicht mal mit dem Angelrad. Er knallte das Arbeitsrad in die Wiese und knurrte: „Petri!"

Bieler sah auf: „Petri auch!"

Maletzke kam nicht mit der Sprache heraus und kaute mürrisch auf seiner Unterlippe.

„Na, was issn? Fragst gar nich, ob sie beißen? Und die Ruten haste ooch nich mit. Denkst wohl die Pfütze hätte ich schon leergefischt?"

„Du, ich muß dir was zeigen. Ich habe heute einen Brief gekriegt vom *Deutschen Angel-*

sport." Er machte eine Pause und fuhr dann mit Grabesstimme fort: „Die wolln mein Fisch nich anerkenn!"

Bieler schreckte hoch, aber das hatte nichts mit Maletzkes Unglücksbotschaft zu tun. „Scheiße! ... Das war ein Karpfen gewesen, der hat die ganze Zeit genibbelt, und nu, zu zeitig angehaun!"

Maletzke schüttelte den Kopf und belehrte Bieler, denn er war ja seit seinem Hecht der anerkannte Angelexperte: „Zu spät angehaun haste, das stimmt! Aber das war ooch kein Karpfen, das war eine Schleie. Die Schleie nibbelt, der Karpfen zschutscht."

„Nu isses ja Wurscht, wer genippelt und wer gezschutscht hat! Ist ja keiner dran!„ knurrte Bieler verärgert. „Und was ist mit deim Hecht?"

„Ich habe heute vom *Deutschen Angelsport* so einen komischen Brief gekriegt. Die wollen meinen Hecht nich anerkenn, wegen dem *Banner.* Ob das ein Scherz wäre, wollten sie wissen. Es könnte nämlich sonst auch als gezielte Provokation gewertet werden. – Das war doch keene Provokation, das war einfach die Wahrheit!"

„Da geht das eine manchmal abrupt ins andere über. Hättste doch lieber Heintz-Blinker angegeben."

„Es war aber kein Heintz-Blinker! Es war der *Banner* in Bronze!"

„Mich brauchste nicht zu agitiern", sagte

Bieler gereizt, „ich war ja schließlich dabei!"

„Und nun soll ich eine Klarstellung vornehmen."

„Klarstellung? Wie solln das gehn?"

„Nu, ich mache mich morgen früh nüber ins Büro, der Langrock muß sich für mich einsetzen!"

Bieler war sehr skeptisch. „Der Langrock? Weeß nich, ob der für sowas geeignet ist? Dem tät ich nicht übern Weg traun!"

Maletzke hockte sich neben Bieler ins Gras und redete auf ihn ein: „Das wird natürlich nich einfach, aber den muß man eben überzeugen! Immerhin hat der mich ja für den *Banner* vorgeschlagen!"

„Das wird wirklich nich einfach!"

„Ich dachte einfach so: Mir setzen uns jetze zusamm und erarbeiten eine schlagkräftige Gegenargumentation."

Bieler zog ein trauriges Gesicht, der Angeltag war gelaufen. „Schlagkräftig? Jetze gleich? Na meinetwegen. Aber die Ruten lasse ich drinne! Hoffentlich beißt kein unverhoffter Karpfen dazwischen."

Maletzke grinste: „Wäre bei dir das erste Mal."

Aus den Räumen der Betriebsleitung drang diesmal ordentliches Schreibmaschinengeklapper, wie es zustande kommt, wenn ein sozialistischer Leiter einen Quartalszwischenbericht zum

Stand der Planerfüllung diktiert. Das war eine heilige Stunde, die keiner zu stören wagte! Nur die wachsame Genossin Seiler konnte das riskieren – und das auch nur dank ihrer Eigenschaft als Parteisekretär.

Sie wagte es also, steckte den Kopf durch die Tür und flüsterte: „Horst, haste mal fünf Minuten, der Maletzke is draußen bei mir, er wäre angemeldet..."

„Ach so, ja, das stimmt, hätte ich jetzt glatt verrammelt. Entschuldige, Kollege Maletzke! Kommt nur rein!"

Langrock gönnte seiner sowieso nicht mehr ganz taufrischen Bürokraft ein Kaffeeviertelstündchen, dann versuchte er, seinen Rücken gerade zu bekommen. Seit zwei Stunden hing er über der rechten Schulter seiner Sekretärin, um alle eventuell spontan auftretenden Tippfehler gleich im Keime zu ersticken.

„Kommt nur rein!" sagte er noch einmal, lächelte herzlich und breitete alle seine zwei Hände aus. Hätte er drei Hände gehabt, hätte er die auch herzlich einladend ausgestreckt! So ein unverhoffter Besuch eines verdienten Mitarbeiters aus dem Bereich der materiellen Produktion war doch eine gute Gelegenheit, sich als sozialistischer Leiter ins rechte Licht zu rücken: Ein Leiter, der immer für die Belange der Kollegen da war! Das sollte die mißtrauische Seiler ruhig auch sehen.

„Nimm doch schnell mal Platz Kollege Maletzke. Willste einen Kaffee?“

„Nee, jetzt so kurz vor Feierahmd nich, da versau ich mir nur mein Bierdurst“, sagte Maletzke und setzte sich instinktiv dahin, wo sonst der BGLer zu sitzen pflegte.

Langrock lachte: „Da is was dran. Elfriede setze dich ruhig auch mal einen Moment, der Kollege Maletzke hat nämlich was für uns. Das wird dich auch interessieren.“

Die Genossin Seiler setzte sich, aber nicht instinktiv, sondern planmäßig auf den Platz, auf dem vor einiger Zeit der Genosse Grimmig von der Kreisleitung gesessen hatte.

Maletzke stotterte: „Ach so, nu ja, also wegen der Umschtruktorierung vom Lager, da habbe ich mal paar Zeilen entworfen und eine Schgizze angefertigt. Ist in dem Umschlag drinne.“ Er legte einen braunen Umschlag auf den Tisch. Man sah dem Umschlag an, daß er sich im Betrieb auskannte, mehrere Abteilungen hatten auf ihm handschriftliche Vermerke und Eingangsstempel hinterlassen. „Aber eigentlich“, fuhr Maletzke fort, „komme ich wegen einer anderen Sache. Ich brauchte mal bissel Unterstützung oder eine Art Befürwortung.“

„Klar, das läßt sich machen.“ Langrock war ganz und gar offenes Ohr.

„Nu, wie will ich mal gleich sagen, also ich...“ Maletzke fand nicht gleich den rechten

Anfang und drehte sich den Satz noch einmal im Munde zurecht. „Oder anders: Ich habe doch neulich einen Hecht gezogen, kapitaler Bursche..."

„Davon haben wir natürlich gehört, gelle Elfriede?"

Maletzke lächelte verlegen. „Sowas is schnell rum, ist ja sonst nischt los in der Gegend. Und damit müßte ich von Rechts wegen als *Fisch des Jahres* nominiert werden. – Aber die wolln mich damit nich anerkenn!"

„Wieso denn nich?" Langrock war jetzt ganz Entrüstung. Sein sonst so bleiches Alltagsgesicht färbte sich kämpferisch rot ein. „Da schreim wir was. Hä, Elfriede, das wäre ja noch schöner! Da machste ein Schreim! Was hamse denn gegen deinen Fisch?"

„Es ist nicht wegen dem Fisch, es is wegen dem Köder!"

Elfriede Seiler, die über nicht allzu umfassende zoologische Kenntnisse verfügte, versuchte sich in der Angelegenheit zurechtzufinden, indem sie eine Kontrollfrage stellte: „Einen Hund haste also auch?"

Maletzke wußte nicht so recht, ob er jetzt auf den Arm genommen werden sollte, entschloß sich aber doch zu einer ernsthaften Antwort: „Nein, der Angelköder, um den gehts! Der muß doch im Meldeformular angegeben werden..."

„Und was ist mit dem Köder?"

„Der is ein bissel aus der Art geschlagen."

Maletzke machte eine kurze Pause, denn jetzt kam er zum entscheidenden Punkte seiner Aussage. Sollte er gleich mit der ganzen Wahrheit herausrücken? Er rang sich zur ganzen Wahrheit durch, gab sie aber nur häppchenweise frei. „Die Sache war so, ich hatte blöderweise keen Blinker dabei, und der Hecht hat sich sozusagen auf den Präsentierteller.... Also, der wollte irgendwie unbedingt gerade an dem Tage gefangen werden..."

„Kollege Maletzke, ich weiß ehrlich nicht, worauf du hinauswillst."

„... und weil ich keinen Blinker mithatte – also ich habe schon einen, aber eben zu Hause liegen, und da habe ich sozusagen zwischenzeitlich als Übergangslösung den *Banner der Arbeit,* also den Mai-Orden umgerüstet, zu einer Art Heintz-Blinker sozusagen, und ... Also es hat geklappt!" Maletzke lachte erleichtert, denn es war heraus. „Das glaubt mir sowieso kein Mensch – is aber so!" Maletzke atmete tief durch und schaute erwartungsvoll in die Runde.

Langrock nahm die Brille ab, legte den Kopf in den Nacken und schaute zur Decke. Dann sagte er betont langsam: „Jetzt noch mal im Klartext!"

„Ich habe den Hecht des Jahres mit dem *Banner der Arbeit* gefang!" Maletzke lachte wieder, aber diesmal nicht verlegen, sondern laut und herzlich.

Die Seiler begann zu ahnen, warum der Genosse Langrock wortlos an die Decke starrte, ihr politischer Instinkt riet ihr, es ihm gleichzutun.

„Nu sagt doch endlich einen Ton. Lacht mich meinetwegen aus oder sagt Arsch zu mir – aber so war das eben."

Die Seiler vergewisserte sich, ob der Genosse Direktor noch immer tatenlos an die Decke starrte. Er tat es, und sie fand, das wäre der richtige Moment für sie, die Initiative zu ergreifen: „Kollege Maletzke, Sie haben, wenn ich das alles richtig verstanden habe, einen Fisch mit Hilfe einer der höchsten gesellschaftlichen Auszeichnungen gefangen, die unser Arbeiter-und-Bauern-Staat zu vergeben hat? Ist das jetzt bei mir richtig angekommen?"

„Naja, so könnte man sagen. Und das wolln mir diese Brüder von der Verbandszeitschrift nicht anerkennen. Es wäre eine Mißachtung, wenn nicht sogar eine Provokation, hamse geschrieben... Da müßt ihr ein Gegenschreiben loslassen, was sich gewaschen hat. Der Orden war ja nicht geklaut, den habe ich zum Ersten Mai persönlich bekomm! Wißt ihr doch besser als ich! Die spinn!"

Langrock löste endlich seinen Blick vom unverputzt an der Decke verlegten Lampenkabel und fand allmählich auch, daß hier im höchsten Maße ideologische Wachsamkeit angesagt sei, zumal die Genossin Seiler schon politisch in die

Offensive gegangen war. „Kollege Maletzke", sagte er förmlich, „wir müssen da jetzt mal was klarstellen: Eine hohe staatliche und gesellschaftliche Auszeichnung ist nicht dazu da, daß irgendwelche kleinen Fische daran hochgezogen werden!"

Maletzke spürte, daß, um in der Anglersprache zu bleiben, die Leine gerissen war. Bockig gab er zurück: „Und wozu isse denn dann da?"

Die Partei muß auf alle Fragen eine Antwort haben! Das wußte die Seiler natürlich besonders gut, deshalb antwortete sie prompt, unverzagt und schlagkräftig: „Als Angelköder jedenfalls nicht!"

„Was is denn gegen einen Rekordhecht zu sagen. Das ist doch kein kleiner Fisch! Das wertet so einen Orden auf. Ich habe doch schließlich keine Kaulquappe damit gefangen."

Langrock wurde prinzipiell: „Kollege Maletzke, ich glaube, wir geraten da in ein Fahrwasser hinein, wo sich unsere Ansichten trennen. Wenn ich böswillig wäre, würde ich sagen, das ist eine gezielte politische Provokation. Ich schätze ein, daß wir da politisch mit den Genossen vom Angelsport völlig auf einer Meinung liegen – oder wie siehst du das, Elfriede?"

Die Seiler wurde nervös. Sie hatte es nicht gerne, wenn sie von der Betriebsleitung unabgesprochen links überholt wurde. Also machte sie sich jetzt ihrerseits mit Elan auf die Überholspur.

„Ich sehe das sogar noch schärfer", sagte sie, „und ich sehe auf der anderen Seite auch die vielen, vielen tausend fleißiger Kollegen, die so ein Ehrenzeichen mit Stolz und Zuversicht, ja mit Dankbarkeit entgegengenommen haben. Und nun müssen die mit ansehen, wie ihre Auszeichnung in den Schmutz geworfen wird..."

„... oder einem Fisch hinterher, was fast noch schlimmer ist!" warf Langrock seinerseits der Seiler hinterher.

„Immerhin ein rekordverdächtiger Edelfisch!"

Langrock änderte seine Taktik, diese Sache mußte ein Ende haben, denn der Quartalszwischenbericht mußte auch noch beendet werden. Er legte also seinen Kopf schief und zog die Augen zu feinen Schlitzen zusammen. Das gab ihm, wie er glaubte, ein gefährliches und zugleich aber politisch wachsames Aussehen. „Ich denke", sagte er zur Seiler gewandt mit spitzem Ton und benutzte dabei seine Brille wie zufällig als Zeigestock, „der Kollege Maletzke geht jetzt wieder an seine Arbeit und denkt dabei noch einmal in aller Ruhe über die ideologische Tragweite dieser Angelegenheit nach."

Jetzt wußte Maletzke, wie er dran war. Er zerfetzte in Gedanken seine mit Bielers Hilfe mühevoll zusammengebastelte Argumentation in tausend Stücke: „Gut, vergessen wir die Sache. Wenn das so is, dann möchte ich aber auch den Orden wieder zurückgeben!"

Langrocks Gesichtsfarbe wechselte vom revolutionären Rot ins empörte Violett hinüber, denn er sah die Konsequenzen auf sich zukommen, die eine Ordensrückgabe mit sich brachte. Die Kreisleitung würde antanzen, Kontrollkommissionen würden seine Büroräume aufsuchen. Außerordentliche Vollversammlungen würden durchgezogen werden müssen. Die Leitungsstrukturen würden kontrolliert werden. Die Kaderarbeit würde überprüft werden... Na gut, das war der Teil, den die Seiler abbekommen würde... Trotzdem zog er die Notbremse: „Kollege Maletzke, das Gespräch ist beendet!“

„Ach, da kriegt ihr wohl Hudelei mit der Kreisleitung, wenn ihr den Orden zurücknehmen müßt?“

Jetzt begriff endlich auch die Seiler und kreischte aufgescheucht: „Die Angelegenheit ist abgeschlossen!“

Maletzke stand auf und sagte trocken: „Ja, das scheint mir ooch so.“

Als Bieler am nächsten Morgen das Materiallager betrat und seine Kippe in den Sandeimer befördern wollte, stutzte er. Der Eimer war nicht gesäubert worden. Seine Kippe vom Vortag lag noch im Sand. Trotzdem schickte er ein unverdrossenes „Morjen!“ durch das Klappfenster. Er war in Hochstimmung. Der Hechtkopf war fertig und ein Schmuckstück geworden, wie Bieler meinte.

Von der Maletzkeseite her kam zwar ein dünnes „Morchen!" geechot, aber irgend etwas stimmte da nicht. Richtig, Bieler hatte es mit seinen waidmännisch geschulten Sinnen sofort herausgefunden, was es war: Das Kofferradio hatte den Musikgeschmack gewechselt! Jetzt dröhnte es nicht mehr, es dudelte nur noch. Bielers musikwissenschaftliche Ausbildung hatte Lücken, und so ließ er es dahingestellt, um welche Sorte Musik es sich jetzt handelte. Er bemerkte nur kurz: „Wasn los? Keene fette Blasmusik heute?"

Maletzke kam aus seiner Schrankburg und muffelte: „Es gibt mehr auf der Welt als immer nur Blasmusik!"

Bieler beschloß das ihm nicht vertraute musikalische Gebiet zu verlassen und sich auf sicheren angelsportlichen Grund zu begeben. „Recht haste!" sagte er, und dann kam er zur Sache: „Ich habe dir deinen Kopp mitgebracht, frisch präpariert, einsame Sahne!" Er wickelte den Hechtschädel aus dem mit braunem Ölpapier geschnürten Bündel und stellte ihn zur Begutachtung auf das Ausgabebrett.

„War vielleicht eine Friemelarbeit! Ich hatte den Kopp fast fertig, da ist ihm plötzlich das Maul zugefalln! Na, wie sieht denn ein Hecht aus, der sein Maul hält? Wie ein zahnloser Tattergreis. Ein richtiger toller Hecht rubbt schon mal seine Gusche auf! – Wenn du verstehst, was ich damit meine! Ich habe ihm dann das Maul innen mit einem Stahlbügel abgestützt. Der is so gebogen, daß du, wenn du dem in Rachen guckst, gar nicht auf die Idee kommst, daß der seine Gusche nur zwangsweise aufmacht. Sieht ungeheuer natürlich aus. – Ein weiteres Problem waren die Augen. In die leeren Augenhöhlen mußte doch was nein, sonst sieht das so trostlos aus, wie toter Fisch eben... Ich habe das zuerst mit Glasmurmeln probiert, aber das ging ganz und gar nicht. Da kam plötzlich eine ganz andere Note ins Spiel. Der sah plötzlich derartig edel aus, wie ein Zierfisch eben. Das ging also nich! Und dann kam mir die rettende Idee. Ich habe dann von meiner Kleen ihrm Teddybär die Glasaugen rausgenomm. Und die paßten wie angegossen. Sieht total gediegen aus, wie wenn er noch lebt! Bissel zu blauäugig vielleicht, wiederum aber auch bissig und gefährlich! – Den Teddybär nimmt meine Kleene sowieso nicht mehr, is ja jetzt vierundzwanzig!“

Maletzke schaute bewundernd auf den Hechtkopf und ließ alle Erklärungen geduldig über sich ergehen. Bieler war aber noch nicht am Ende mit seinen Überraschungen. „Und dann habe ich dir den Kopp auf einen schräg durchgesägten Birkenstamm montiert, mit Aufhängehaken oben dran, und drunter, das ist meine Überraschung für dich, habe ich Brandmalerei selber eingesengt!“

Die dunkelbraunen Buchstaben waren von relativ unterschiedlicher Deutlichkeit, aber Maletzke konnte durchaus lesen, was da stand:

Mein größter Fang!
Heinz Maletzke am 1. Mai 1985
Präpariert von seinem alten Freunde
Armin Bieler

Maletzke bemerkte natürlich, daß Armin Bieler größer geraten war als Heinz Maletzke, aber er sagte nichts und bedankte sich artig, und zwar, wie Bieler zu bemerken glaubte, nicht sehr überschwenglich. „Wasn los?“ fragte der. „Nicht gerade begeistert?“

„Doch, doch, is schon schön geworden.“

„Wo hängstn den hin, heeme in die neue Veranda?“

„Nee, nu gerade nich, der bleibt hier. Der kommt übern Schreibtisch.“

„Dort, wo jetzt die Ordnung und Sicherheit hängt?“

„Genau da mitten droff!“

Bieler war nicht zufrieden mit dem Zustand seines Freundes und fand dessen kurzangebundene Bemerkungen zu seinem mühevoll hergerichteten Prunkstück fast ein wenig beleidigend, bis es ihm plötzlich wie Schuppen von den Augen fiel. „Ach so, ja, du warst ja gestern beim Langrock. Was issn nu rausgekomm?“

„Nischt, der Langrock is doch auch weiter nischt als ein großer Feigling!"

„Mir hätten eben doch Heintz-Blinker neinschreiben solln, damit wärn wir ausm Schneider!"

„Aber es war eben kein Heintz-Blinker. Ein ehrlicher Banner müßte doch eigentlich mehr wert sein als ein erlogener Heintz-Blinker! – Naja, dann wollte ich eben den Orden zurückgeben..."

„Ach, du Scheiße, und?"

„Hamse ooch nich genomm."

„Sei froh, die Gratifikation hätteste dann nämlich zurückzahlen müssen, und die hatten wir ja schon aufn Kopp gehaun!"

Maletzke ließ sich nicht besänftigen: „Das bissel Besäufnis hätte ich auch aus eigner Tasche bezahln könn!"

„Und was machste nu? Legste den Orden zu Haus bei Ilse in den Nähkasten – neben den mitm rausgekratzten Hakenkreuz?"

„Das wäre auch eine Möglichkeit", räumte Maletzke ein, „aber ich weiß was Besseres!"

„Na, was machste denn damit?"

„Wirste gleich sehn." Maletzke ging zu seinem Kleinzeugfundbüro und holte den schönsten dicken Kupfernagel heraus, den er finden konnte. Die Spanfaserplatte der Baracke leistete keinen großen Widerstand, als Maletzke den Nagel direkt über seinem Schreibtisch in die

Wand hämmerte, genau über das Schild mit der Ordnung und der Sicherheit. Vorsichtig, als sei es eine Meissner Fummel, nahm er den präparierten Hechtkopf und hängte ihn über den Nagel. Dann schaute er Bieler herausfordernd an und gab ihm damit zu verstehen, daß das noch nicht alles sei. Aus dem Schubfach seines Schreibtisches holte er den Orden, der noch immer am Drilling hing, und bohrte ihn in den Unterkiefer des Raubfisches, ganz genau dort hinein, wo der Hecht ihn damals geschnappt hatte. Es war schon ein beeindruckendes Bild! Aus dem weitaufgerissenen Maul des Raubfisches ragten die mächtigen Flunken eines Drillingshakens, und daran bammelte einsam, aber stolz ein *Banner der Arbeit in Bronze* vor sich hin.

„So, nu kannste dir was dabei denken – vielleicht, daß auch ein großer Hecht durchaus mal auf einen kleinen Orden reinfalln kann!"

„Ja", gab Bieler zu, „diese Aussage gibt es her. Aber hattest du nicht gesagt, daß du Revolution machen willst, wenn es nicht klappt? Haste dir wohl nicht getraut, dem Langrock das zu sagen?"

„Werde ich dem doch nich auf die Nase binden. Revolution mach ich einfach!"

Bieler nickte vor sich hin und sagte schließlich: „Na gut, dann will ich mal meinen Materialschein abarbeiten, es Leben muß ja schließlich weiter gehn."

„Brauchstn?“

„Satz Video-Bohrer.“

„Habbich nich.“

„Strange Lötzinn.“

„Habbich nich. Vielleicht nächstes Quartal.“

„Wasserhahn, aber kee Plaste.“

„Habbich nich, kriechmer ooch nich, zählt momentan als Bevölkerungsbedarf.“

Bieler kratzte sich mit einem Phasenprüfer unter der Mütze, dann sagte er: „Ja, nu weeß ich ehrlich gesagt ooch nich weiter. Aber bei einem, da bin ich mir sicher, Heinz. Deine Art Revolution zu machen, könnte sich durchaus schnell rumsprechen.“

Wechseljahre
Kleine Chronik in Liedern

Was der DDR-Bürger braucht

Zigaretten braucht er
Weiche Betten braucht er
Und paar Schnitzel, aber nicht die fetten, braucht er!
Seine Ruhe braucht er
Kein Getue braucht er
An die Füße Salamanderschuhe braucht er!
Eine Wohnung braucht er
Seine Schonung braucht er
Und am Jahresende ne Belohnung braucht er!

Einen Garten braucht er
Einen Harten braucht er
Und nen Trabbi ohne viel zu warten braucht er!
Volle Tüten braucht er
Billche Mieten braucht er
Schöne Reisen nach dem warmen Süden braucht er!
In seim Leben gibt es keine Nieten
Hat sogar den Frieden
Ohne da viel zu riskiern...
Mit dem Frieden sindse nich zufrieden?
Lassens sich nicht bieten
Tunse doch mal protestiern!

(1986)

Mir bleim hier!

Weht der Wind vom Süden her, das stinkts
Und nur Braunkohlbuddellöcher rings.
In der Stadt kannst du dich kaum erholn.
Wir sitzen sozusagen wie auf Kohln!

Doch mir, mir bleiben hier!
Hier bringt uns keiner fort!
Wer Leipzig liebt und haßt
Für den gibts keinen Ort
Der besser zu ihm paßt
Denn mir, mir bleiben hier!

Hier putzt man jede Woche Fensterscheim.
Die Pleiße riecht kaum besser als ihr Reim.
Fassadenputz zerbröckelt und verfällt.
Was isses, was die Leute hier noch hält?

Doch mir, mir bleiben hier!
Hier bringt uns keiner fort!
Wer Leipzig liebt und haßt
Für den gibts keinen Ort
Der besser zu ihm paßt
Denn mir, mir bleiben hier!

Vierzig Jahre unerfüllte Wünsche
Vierzig Jahre nur Fassadentünche!
Mit e bissel Geld und Sachverstand
Kriegt mer Leipzig wieder in die Hand!

Doch mir, mir bleiben hier!
Hier bringt uns keiner fort!
Wer Leipzig liebt und haßt
Für den gibts keinen Ort
Der besser zu ihm paßt
Denn mir, mir bleiben hier!

(1990)

Tauchstation

Ja, die dicke Dame vom Bezirksvorstande
Was auch immer kam, verlief bei ihr im Sande.
Alles hatte sie gefiltert und gemildert
Um den Erich nicht zu stören, wenn er wildert!
Ja, wo isse, ja, wo steckt se, isse tot?
Keine Angst, die kommt nicht weg, die sitzt im Boot!
Sie ging auf Tauchstation, sie ging auf Tauchstation
Denn unter Wasser ist es ja so herrlich trüb.
Doch es beruhigt sich schon, doch es beruhigt sich schon
Dann kommt sie wieder, und sie hat uns wieder lieb!

Und der graue Herr von der Fernsehverwaltung
Einst ein Chef der Redaktion der Unterhaltung
Der uns ohne Zwang und ohne äußre Not
Dienstbeflissen jeden zweiten Satz verbot
Ja, wo isser, ja, wo steckt er, isser tot?
Keine Angst, der kommt nicht weg, der sitzt im Boot!
Er ging auf Tauchstation, er ging auf Tauchstation
Denn unter Wasser ist es ja so herrlich trüb.
Doch es beruhigt sich schon, doch es beruhigt sich schon
Dann kommt er wieder, und er hat uns wieder lieb!

Und der selbsternannte Westkontakt-Experte
Der den Wissenschaftlern gern die Reisen sperrte
Von der Sache hatte er nie einen Schimmer
Zu Kongressen nach Paris da fuhr er immer.
Ja, wo isser, ja, wo steckt er, isser tot?
Keine Angst, der kommt nicht weg, der sitzt im Boot!
Er ging auf Tauchstation...

Die ganz oben, ja, die gehn jetzt Wasser saufen
Und die Kleinen schmeißt man raus und läßt sie laufen
Doch die Mittleren, die Trägen und die Fetten
Komm wie immer heil davon, ja wolln wir wetten?
Ja, wo sinsn, ja, wo hinsn, sinse tot?
Keine Angst, die komm nicht weg, die sind im Boot!
Sie sind auf Tauchstation, sie sind auf Tauchstation
Denn unter Wasser ist es ja so herrlich trüb.
Doch es beruhigt sich schon, doch es beruhigt sich schon
Dann kommse wieder, und se ham uns wieder lieb!

(1990)

Trabbi nach Paris

Früh um sieme sin wir losgefahrn in Mutzschen.
Fuffzehn Stunden bis zur Grenze wern vergehn.
Wenn die BMWs an uns vorüberrutschen
Denkt doch unsereiner glatt, man tut noch stehn!
Vier Erwachse und e Kind!
Es is eng als wie im Spind.
Schlafen ooch die Beebe ein
Uns kriegt trotzdem keener klein!

Heute fahr wir mit dem Trabbi nach Paris
Dadermit sin wir noch lange nicht zufrieden
Eingeklemmt im Auto, wie paar Angschovis
Fahrn mer trotzdem nächsten Sommer nach dem Süden!
Unser Auto is aus Pappe und aus Chrom
Und für uns is in der kleensten Hütte Rom!

Und im Kofferraum, da ham wir fünf Kanister
Mit dem guten Dreiunddreißscher von Minol.
Wäsche, Wurst und Brot und kleenere Geschwister
Ham wir aufm Schoß und fühln uns trotzdem wohl!
Heute fahr wir wie der Wind
Daß wir bissel schneller sind
Fahr wir mit gezognem Shog
Jeder riecht gern unsern Smok.

Heute fahr wir mit dem Trabbi nach Paris
Dadermit sin wir noch lange nicht zufrieden
Eingeklemmt im Auto, wie paar Angschovis
Fahrn mer trotzdem nächsten Sommer nach dem Süden!
Unser Auto is aus Pappe und aus Chrom
Und für uns is in der kleensten Hütte Rom!

Früher saßen wir vergnatzt in der Mitropa
Denn alles ringsum war verkehrt gepolt.
Doch jetzt fahr wir mit dem Trabbi durch Europa
Aber wehe, wenn uns einer überholt!
In der Kurve liegn mer schräg
Unsre Mutter zeigt den Weg
In dem neuen Shell Atlas
Und de Tochter macht sich naß!

Heute fahr wir mit dem Trabbi nach Paris
Dadermit sin wir noch lange nicht zufrieden
Eingeklemmt im Auto, wie paar Angschovis
Fahrn mer trotzdem nächsten Sommer nach dem Süden!
Unser Auto is aus Pappe und aus Chrom
Und für uns is in der kleensten Hütte Rom!

(1990)

Auto-Sonett

Der Brite fährt im Rover
Im Oktover im Pullover.
Im Citroen fährt der Franzose
Mal gebündelt und mal lose.
Und wenn er es im Knie hat
Fährt der Römer Fihat.

Bei uns fährt jeder Popel
Im Kadett von Opel
Oder auch mal Audi.
Doch tut dies nie ein Saudi!
Dort unten fährt ein jedes
Scheichs-Haus im Mercedes.

Nur einsam noch im Busse
Fährt dahin der Russe!

(1992)

Was der Ossi braucht

Einen Videokasten, nen kompakten, braucht er.
Und paar Videos dazu mit paar Nackten
braucht er.
Eine Reise nunder nach Mallorca braucht er.
Und wenns Geld ausgeht, en billchen Borger
braucht er.
Einen Kumpel braucht, der jetzt rumerzählt
Daß er früher zum Parteilehrjahr gefehlt!

Einen neugekauften alten Japi braucht er
Und nen Wegwerfplatz für seinen Trabbi
braucht er.
Einen Katalog der Firma Otto braucht er
Und die Zusatzzahl im Samstagslotto braucht
er.
Einen Job braucht er, wo er sich tummeln kann
Im Betrieb, wo keinen Treuhand schummeln
kann.

Keine Angst zu haben braucht er, wenn er
sächselt
Und ein Grundstück, was nicht den Besitzer
wechselt
Mit ner Wohnung, die nicht allzu teuer,
braucht er
Und die tausend neuen Tricks zu Steuer braucht
er.

Und besonders braucht er, wenn er nicht mehr jung
Eine Lebenskapitalversicherung!

Und zum Lesen braucht er nicht mehr viel, nurn bissel
Auf dem Dach hat er die Satellitenschüssel!
Keine Fremden braucht er und so Hottentotten
Seidenhemden braucht er jetzt und Jeans-klamotten
Und zum Schlußverkauf nen billchen Schuhe-stand
Und mit fünfundfünfzig braucht ern Ruhestand!

(1991)

Privat

Ich sitz mit meiner Ische
In einer kleinen Nische
Und baue Blattsalat.
Und was wir sonst noch baun?
Nen höhren Gartenzaun
Und schreiben drauf : Privat!
Privat! Privat! Wir pfeifen auf den Staat!
Privat! Privat! Wir pfeifen auf den Staat!

Und die Denunzianten
Denunzieren ihre Bekannten
Jetzt nicht mehr für den Staat.
Die Zeiten sind vorbei!
Jetzt sind sie nämlich frei!
Jetzt machen sies privat!
Privat! Privat! Wir pfeifen auf den Staat!
Privat! Privat! Wir pfeifen auf den Staat!

Und wir Kabarettisten
Kritisiern nicht mehr, was wir müßten
In Politik und Staat.
Da sind wir furchtbar stur
Wir trotzen der Zensur
Und bleiben schön privat.
Privat! Privat! Wir pfeifen auf den Staat!
Privat! Privat! Wir pfeifen auf den Staat!

(1992)

Ordnung

S muß Ordnung sein! S muß Ordnung sein!
Alles braucht sein System
Wenn alles seine Ordnung hat
Lebt es sich bequem.

Ein Familienvater muß sich sanft rasieren
Und die deutsche Hausfrau lebt Diät!
Einen Siamkater muß man früh kastrieren
Wenn er streunt und stinkt, ist es zu spät.
Und für Bosnien muß man immer Geld spendie-
ren
Denn ein Deutscher teilt sein letztes Hemd.
Und Asylbewerber muß man internieren
Weil er uns mit sich sonst überschwemmt.

Auf den Ordnungssinn der Deutschen kann man
bauen.
Unsre Tugend ist die Pünktlichkeit.
Schaut nur, wie die Völker wieder auf uns
schauen!
Ja, den Osten ham wir schon so weit!
Wir verliern die Kriege und gewinn den Frieden
Wozu brauchen wir die Bundeswehr?
Mit gebrauchten Autos und mit ALDI-Tüten
Falln wir über unsre Nachbarn her.

Und die Arbeitnehmer müssen kürzer treten
Weil die Wirtschaft sonst an Schwung verliert
Und für AIDS-Erkrankte muß man innig beten
Besser ists, wenn man sie registriert.
Und wenn manche heute auf der Straße liegen
Weil sies deutsche Chaos nicht durchschaun
Keine Angst, man wird sie wieder grade biegen
Gehts mit Biegen nicht, dann wird gehaun!

S muß Ordnung sein! S muß Ordnung sein!
Alles braucht sein System
Wenn alles seine Ordnung hat
Lebt es sich bequem.
Ordnung ist das halbe Leben!
Tät es keine Ordnung geben
Gäb es zuviel freie Räume
Gäb es zuviel irre Träume
Gäb es zuviel grüne Bäume
Nein!
Ordnung muß schon sein!

(1995)

Osterweiterung

Ja, bei den Polen
Da wird nicht nur gestohlen
Dort leben die Katholen
Die Sünden gern bereun.
Und bei den Tschechen
Da gibts nicht nur Verbrechen
Sie schwören und versprechen
In Europa brav zu sein.

Rumänen und Slowaken
Werden es jetzt packen
Und Tresore knacken
Sie bei uns nicht mehr.
Ja, und auch die Ungarn
Müssen nicht mehr hungarn
Und an der Donau lungarn
Sie hams nicht mehr so schwer.

Ja, und selbst die Balten
Sind nicht mehr die alten
Sie können sich entfalten
In Europa, das uns eint!
Nur Rußland und Ukraine
Stehen noch alleine.
Sie komm nicht auf die Beine
Die spielen uns den Feind!

(1998)

Styling-ABC

Früher waren unsre Männer
Proletarisch graue Penner.
Und gelind gesagt verhauen
Sahen aus auch unsre Frauen
Zwischen Oder, Spree und Ilm
Wie Irma aus dem Thälmannfilm.
Nun es ging uns einfach schlechter.
Heut stylt uns Boss und Hechter.

Armani, Banani, Colani
Die hat keiner von uns gekannt.
Armani, Banani, Colani
Was warn wir für ein armes Land!

Später in den Wühltischzeiten
Durfte Karstadt uns bekleiden.
Heut ham wir Gestaltungswillen!
Von Armani sind die Brillen.
Und der kleinste Bühnenhüpfer
Trägt schon den Bananischlüpfer
Grell und schrill und kraß und bunt.
Und Colani macht uns rund!

Armani, Banani, Colani
Heut sind wir ja endlich so weit
Armani, Banani, Colani
Erkennen die Zeichen der Zeit!
Hannelore ging zum Schrank

Helmut trug ja Gott sei Dank
Ohne Murren, ohne Scham
Was sie von der Stange nahm.
Jedoch Schröder, weiß ein jeder
Ist ein rechter Schwerenöter
Kleidet Doris ihn heut ein
Muß es italienisch sein.

Armani, Banani, Colani
Ist unsere Ideologie
Armani, Banani, Colani
Marxengelenin, die schafften das nie!

Wenn wir Unternehmen starten
Oder auf die Rente warten
Ja sogar noch, wenn wir Vögeln
Zuschaun und in Kriege segeln
Was man auf dem Balkan kann
Ziehen wir uns modisch an.
Und selbst General von Stuck
Kämpft im Military-Loock!

Modenschau, Hodenschau, Totenschau
Wo uns auch das Schicksal ereilt.
Mit Armani, Banani, Colani
Sind wir dafür bestens gestylt.

(1998)

Jahrtausendwende

Stern am Himmel, Kind geboren
Rom hat Reich und Macht verloren.
Hunnen, Goten, Papst in Nöten.
Müssen Christen Juden töten?
Mittelalter, Fressen, Saufen
Ketzer auf den Scheiterhaufen!
Kriege, Pest und Cholera
Wer entdeckt Amerika?

Die Vernunft stürmt die Bastille
Stürmisch wächst die Industrie
Marx und Engels träumen rötlich
Deutscher Weltkrieg endet tödlich
Biotechnik, Garten Eden
Leider aber nicht für jeden.
Menschheit zählt jetzt sechs Milliarden
Weltall kann uns kaum erwarten.

Und wir sind noch nicht am Ende
Jetzt kommt die Jahrtausendwende
Was uns doch am meisten wundert
Auf der Schwelle zum Jahrhundert
Zum Jahrtausend, Hiphip-Hurra!
Irgendwie sind wir noch da!

(2000)

Abgesang

Früher sang ich gern zur Klampfe
Dieses Lied *Auf, auf zum Kampfe.*
Ja, ich sang es zwar gedämpft
Doch ich hätte gern gekämpft
Denn ich wußte ungefähr
Wie der Welt zu helfen wär.

Wenn die Dummen hier auf Erden
Nur ein bißchen schlauer werden
Fleißiger die Faulen, Fetten
Na, dann wär die Welt zu retten!
Das ist einfach, und wir Pfeifen
Müßten das doch mal begreifen!

Leider ging das nicht auf Dauer
Denn die Faulen wurden schlauer.
Fleißig wurden nur die Blöden!
All mein Kampfesmut ging flöten.
Wenn man nichts verändern will
Dachte ich, dann bist du still.

Doch ich schaffe das nicht täglich.
Manchmal maule, murre, mäkl ich!
Denn es wäre eine Sünde
Wenn auf meinem Grabstein stünde:
Er ließ nur den Herrgott walten
Und hat dazu das Maul gehalten.

(2000)

Das Loch

Am 21. Juni 1981 stieg Werner Baumann auf der Straße direkt vor seinem Gartentor kopfüber und so heftig von seiner Schwalbe, daß er sich das Schlüsselbein brach und vier Wochen krankgeschrieben werden mußte. Baumann war noch nie richtig krank gewesen. Er hatte sich zwar hin und wieder im Frühjahr oder im Herbst eine Woche Grippe gegönnt, um Haus oder Grundstück auf Vordermann zu bringen. Die dafür benötigte leichte fiebrige Erkältung besorgte er sich meist von einem Arbeitskollegen. Ein Schlüsselbeinbruch dagegen war eine andere Sache und eine ärgerliche dazu, wie Baumann fand, denn die Schiene, die man ihm angelegt hatte, behinderte ihn nicht nur bei der Gartenarbeit. Selbst das Anheben eines schlichten Bierglases gelegentlich der abendlichen Stammtischsitzungen in der *Goldenen Höhe* gestaltete sich zu einer artistischen Einlage.

Baumanns Unfall gab der versammelten Stammtischrunde fast vierzehn Tage Stoff für erregte Diskussionen und Mutmaßungen über den genaueren Unfallhergang. Baumann behauptete dabei zwar stets energisch, das Unglück sei einzig und allein dadurch zustande gekommen, daß er sein Moped zu heftig gebremst hätte. Seine Kollegen allerdings versäumten nicht hinzuzufügen, daß er gerade an diesem 21. Juni als Folge des übereilten Genusses von vier Bieren und drei Doppelten durchaus an Gleichgewichtsstörungen gelitten haben könne.

Die unumstrittenen Wortführer der Stammtischrunde waren Siggi Weissenfels und Gerald Renner. Siggi Weissenfels, Inhaber des einzigen Taxi-Fuhrunternehmens von Unterwartungen, bezeichnete sich selbst gern als letzten selbständigen Unternehmer des Ortes. Über mangelnden Kundenzuspruch mußte er weißgott nicht klagen. Er konnte frei entscheiden, wo, wann und wen er wohin fahren wollte. Die chronische Ersatzteilknappheit setzte seinen geschäftlichen Bemühungen und dem alten Wolga allerdings gewisse Grenzen. Weissenfels galt als wohlhabend und spendabel. Er hatte Haus und Garage nicht nur am höchstgelegen Punkt des Ortes – dreihundertfünfundzwanzig Meter über dem Meeresspiegel – erbauen können; er nannte auch noch den höchsten Antennenmast der Gegend sein eigen. Stolz ragte der „Unterwartunger Telespargel“ hinter seinem Anwesen in den Äther und verhalf ihm zum besten Westfernsehempfang der näheren Umgebung. Die intime Kenntnis des Programmangebots von ARD und ZDF machten ihn zum Medien-Star der Stammtischrunde.

Da konnte selbst ein Gerald Renner als Stellvertretender Vorsitzender der LPG *Frohes Schaffen* nicht mithalten. Freilich war der auch noch stellvertretender Parteigruppenorganisator und konnte von dieser Position aus bisweilen lebenswichtige staats- und parteinahe Informationen zur aktuellen Versorgungslage preisgeben.

Baumanns Unfall war tatsächlich eine heftige Stammtischsitzung vorausgegangen, auf der viel Wichtiges besprochen worden war. Am 20. Juni 1981 nämlich hatte das Westfernsehen die erste Folge von *Dallas* ausgestrahlt, die von Siggi Weissenfels ausgiebig kommentiert wurde. Gerald Renner konnte am Stammtisch nur dadurch einigermaßen mithalten, indem er unter dem Siegel strengster Verschwiegenheit verkündete, daß es am kommenden Freitag in Rötha vermutlich Zylinderkopfdichtungen geben solle!

Werner Baumann bestritt allerdings später aufs heftigste, das sein Getränkeumsatz am Malheur schuld gewesen war. Baumann fuhr seit über zwanzig Jahren häufig mit vier Bier, drei Doppelten und seinem Moped nach Hause. Er war dabei noch nie vom Wege ab oder gar zu Fall gekommen. Da er Mopedfahren nicht unter „Führen eines Kraftfahrzeuges" einrangierte, machte ihm das totale Alkoholverbot für Kraftfahrer moralisch wenig zu schaffen. Seine Schwalbe war kein Fahrzeug; es war für ihn lediglich eine Art gehobener Gehhilfe. Und

Fußgänger durften sich ja vom Gesetz unbehelligt betrinken!

Baumann war seit mehr als zwanzig Jahren als Außendienstleiter der Kommunalen Wasserversorgung des Gemeindezweckverbandes Rötha-Unterwartungen tätig, was nichts weiter hieß, als daß er einmal jährlich alle Wasseruhren der Gegend ablesen und dazu natürlich mit dem Moped unterwegs sein mußte. Während des Dienstes unterwarf er sich strengstem Alkoholverbot. Gegen Abend allerdings und in der am Heimweg gelegenen *Goldenen Höhe* gönnte er sich fast immer das oben genannte Quantum.

Der Schlüsselbeinbruch wurde der SVK gegenüber natürlich als Arbeitsunfall ausgewiesen, weil Baumann ja auf dem Heimweg von der Arbeitsstelle verunfallte. Im unvermeidlichen Bericht war folglich auch von Baumann unterschrieben zu lesen: *„...kam es infolge eines notwendigen, aber zu heftigen Bremsvorgangs zur Blockierung des Vorderrades, welches unmittelbar danach in ein Schlagloch rutschte und dort steckenblieb...“*

Zugegeben, der Bericht war nicht eben mit sachkundiger Hand und hervorstechender Formulierungskunst abgefaßt und ließ völlig offen, ob denn nun die Blockierung des Vorderrades oder das Schlagloch vorrangig am Schlüsselbeinbruch beteiligt gewesen war.

Aber hier tauchte zum ersten Male aktenkundig der Begriff Schlagloch auf, der in Baumanns weiterem Leben eine so tiefgreifende Rolle spielen sollte. Der zuständige Arbeitschutzbeauftragte der Kommunalen Wasserversorgung des Gemeindezweckverbandes Rötha-Unterwartungen, der Kollege Ulitzka, Rudi, welcher beim Abfassen des Berichtes sozialistische Hilfe geleistet hatte, machte Baumann aber sogleich aufmerksam, daß der Unfallreport notwendigerweise Folgen haben müsse, was darauf hinausliefe, die Unfallursache umgehend zu beseitigen. Baumann versprach hoch und heilig, nie mehr heftig zu bremsen! Der Kollege Ulitzka zeigte sich davon wenig beeindruckt und verlangte, daß natürlich auch das Schlagloch unverzüglich beseitigt werden müsse ...

Baumann war davon wenig begeistert. Er wohnte im letzten einsamen Siedlungshaus rechterhand am Ortsausgang von Unterwartungen. Die Röthaer Straße, die an seinem Anwesen vorbeiführte, schlängelte sich seit Jahrhunderten sanft und kirschbaumbestanden südwärts bergab durch grüne Hügel und Kartoffelacker von, wie sollte es auch anders sein, Unterwartungen bis hinunter nach Rötha. Sie war eine Nebenstraße unterster Ordnung und galt als wenig befahren. Baumanns Häuschen allerdings lag strenggenommen fast schon außerhalb von Unterwartungen. Das Ortsausgangsschild linkerhand der Straße ragte nämlich gelb und hoheitsvoll einige

Meter vor Baumanns Grundstückszufahrt in den Landkreis. Es war also schwer auszumachen, wer da für die Beseitigung des Schlaglochs zuständig sein würde – die Zwerggemeinde Unterwartungen, die weder Mittel noch Baukapazitäten hatte, oder das Kreisstädtchen Rötha? Werner Baumann hatte wegen des schönen Gartenwetters keine Lust, die Verantwortlichen aufzuspüren. Der Schlüsselbeinbruch war so gut wie verheilt. Also mähte er zufrieden seine Rasenränder, schob das frische, duftende Gras seinen Kaninchen unter und die Regelung der Lochfrage auf demnächst.

Am 18. Juli 1981, an diesem Tag wurde der größte Stern aller Zeiten entdeckt! R 136a, hundertmal größer als die Sonne ... An diesem Tag ließ sich Baumann endlich auch amtlich gesund schreiben. Er wollte an seinen Unfall noch zwei Wochen regulären, alten Urlaub hängen, um die elektrischen Leitungen in Küche und Schlafzimmer unter Putz zu legen – eine Arbeit, zu der ihn seine Frau Helga schon seit einigen Jahren ermunterte. Helga Baumann war kränklich veranlagt, hütete oft das Bett und wurde von ihrem Mann gewissenhaft, aber mit wenig innerer Teilnahme betreut. Sie hatte daher die Fähigkeit entwickelt, Wünsche und Bitten so lang unerträglich penetrant und weinerlich vorzutragen, bis Baumann sie endlich erfüllte. Also legte er um des lieben Friedens willen die Schlafzimmerleitung unter Putz! Beim Anrühren der Spachtelmasse, die Baumann zum Verschmieren der Schlitze benötigte, erinnerte er sich daran, daß das Schlagloch vor der Hauseinfahrt der Weisung des Arbeitsschutzberichtes zufolge auch noch beseitigt werden mußte. Er zweigte also eine Futterschüssel des wertvollen Materials ab und begab sich auf die Röthaer Straße.

Das Loch war leicht eiförmig ausgebildet, etwa dreißig Zentimeter lang und knapp fünfzehn Zentimeter tief. Es lag friedlich und trokken einen halben Meter vom Straßenrand entfernt in der Mittagshitze. Die Schüssel würde gerade ausreichen, die Vertiefung zu füllen. Baumann schüttete also die Masse vorsichtig in die Mulde, verschmierte deren Ränder sorgfältig mit einer Spachtel und legte sicherheitshalber noch ein flaches Blech über die Baustelle, damit kein ungerufener Fuß oder Reifen den Härtungsprozeß stören konnte. Dann ging er in seine Laube, fütterte die Karnickel und trank ein Bier auf den Sieg der Eigeninitiative. Anschließend rührte er neue Masse an und machte sich an die planmäßige Verspachtelung der Küche.

Im Verlauf des folgenden Jahres stellte sich allerdings heraus, daß Spachtelmasse nicht das geeignetste Material war, Straßenschäden über den Winter hinweg dauerhaft zu beseitigen. Am

17. Mai 1982 – es war der wärmste Eisheilige des Jahrhunderts, die bei Frühtomatensetzern und Bohnenlegern gefürchtete „Kalte Sophie" brachte das Thermometer auf 26 Grad! – begutachtete Werner Baumann den Zustand des Loches und mußte dabei feststellen, daß Herbstregen und Winterfrost der Spachtelmasse den letzen Rest gegeben hatten. Sie hatte sich einfach aufgelöst und verflüchtigt. Geblieben war immerhin das Loch, das aber an Länge, Tiefe und Breite erheblich zugenommen hatte.

Baumann zog also in der *Goldenen Höhe* Erkundigungen ein, über welche Beziehungen man gegenwärtig verfügen müsse, um schnell an Teer oder Bitumen zu kommen. Aber selbst beim in Versorgungsfragen ausgefuchsten Gerald Renner erntete er nur Achselzucken. Renner machte ihm immerhin gewisse Hoffnungen, indem er versprach, sich ein wenig umzuhorchen.

Das unaufhaltsame Wachstum des Schlaglochs hatte auf Baumanns Privatleben seit dem Unfall keinen größeren Einfluß mehr gehabt. Wenn er abends mir seiner Schwalbe nach Hause kam, stieg er schon immer einige Meter vor der Gefahrenstelle ab und schob sein Gefährt vorsichtig am Straßenrand entlang zum Gartentor.

Am 2. September 1982 jedoch geriet ein Trabbi-Combi, der keckerweise schon vor dem Ortsschild auf fast sechzig Stundenkilometer beschleunigt hatte, mit dem rechten Vorderrad in das Loch. Natürlich kam er wieder heraus und mit Schreck und ruiniertem Stoßdämpfer davon, aber Baumann, der zufällig am Gartentore stand, mußte die unappetitlichen Schimpftiraden des Trabbilenkers ertragen. Wenn er schon so ein Loch vor seinem Hause hätte, mußte er sich anhören, solle er doch wenigstens die zuständige Behörde davon unterrichten.

Baumann rief also am darauffolgenden Tag vom Diensttelefon aus der Baracke der Kommunalen Wasserversorgung des Gemeindezweckverbandes Rötha-Unterwartungen die, wie er zu wissen glaubte, zuständige Dienststelle des Kreiskommandos der Deutschen Volkspolizei an. Der diensthabende Genosse bedankte sich fast überschwenglich für die tätige Mithilfe des Bürgers Baumann. Er konnte zwar auch nicht feststellen, wer für die Klärung des Sachverhaltes zuständig war, versprach aber, die Angelegenheit umgehend an diese Stelle weiterzuleiten. Baumann legte befriedigt den Hörer auf die Gabel und begab sich auf den Heimweg, aber vorher natürlich wie immer zu Siggi Weissenfels und Gerald Renner an den Stammtisch in der *Goldenen Höhe*.

Der Herbst 1982 und die erste Hälfte des Jahres 1983 verliefen ohne besondere Ereignisse, wenn man davon absah, daß das Loch jetzt bereits eine stattliche Länge von drei Metern und eine respektable Tiefe von etwa dreißig Zentimetern erreicht hatte. Zur Stoßdämpferhavarie vom 2. September waren sechs Nachfolgeveranstaltungen gekommen! Zwei komplizierte Achsbrüche hatten sich ereignet, so daß der Abschleppdienst in Rötha den Baumannschen Straßenabschnitt betriebsintern zum Unfallschwerpunkt erklärte.

Baumann hatte indessen ein Gespür für bevorstehende Unfälle entwickelt. Er hörte schon daran, mit welcher Geschwindigkeit sich ein Auto dem Loche näherte, welcher Art der nachfolgende Schaden sein würde. Er vermied es dann tunlichst, sich in der Nähe des Gartentores blicken zu lassen, denn er hatte wenig Lust, in fruchtlose Lochdiskussionen verwickelt zu werden. Er zog sich statt dessen in seine Laube zurück, die im hinteren, der Straße abgewandten Teil seines Grundstücks lag und in der er seine Karnickel züchtete und Exportbiervorräte lagerte.

Am 5. November 1983, Schalck-Golodkowsky verhandelte gerade mit westdeutschen Banken um eine Neuauflage des Milliardenkredits, wovon Baumann natürlich nichts ahnte... Am 5. November jedenfalls mußte Baumann wieder aus seiner Laube herauskriechen, in die er wegen eines, wie er vorauszuhören glaubte, zu erwartenden Vorderradachsbruchs geschlüpft war. Menschliches Wehgeschrei machte sein

Eingreifen erforderlich. Der tatsächlich eingetretene Vorderradachsbruch hatte das erste Menschenopfer gefordert! Ein ganzer Mensch hatte allerdings noch nicht dran glauben müssen, wohl aber ein menschliches Gebiß.

Die Genossin Jutta Rockstroh, Stellvertretende DFD-Kreisvorsitzende, war auf der Fahrt zur Kreisdelegiertenkonferenz zu schnell gewesen – oder sagen wir es politisch korrekt: zu weit nach vorn geprescht! Beim Eintauchen in das Schlagloch war sie jäh aus ihrem Sitz geschleudert worden und hatte sich dabei am Lenkrad ihres Moskwitsch 404 zwei frisch überkronte, obere vordere Schneidezähne ausgeschlagen. Werner Baumann leistete natürlich sofort Erste Hilfe. Eine Schimpftirade mußte er sich diesmal nicht anhören, denn die Bundesfreundin Rockstroh konnte sich ohne ihre Schneidezähne nur relativ unverständlich zur Sache äußern. Sie wimmerte und jammerte aber leise und herzergreifend vor sich hin, nicht wegen des Schmerzes, sondern wegen der Termine! Zahnarzttermine waren selbst für eine gesellschaftlich anerkannte Stellvertretende Kreisvorsitzende im real existierenden Sozialismus eine schwer bekömmliche Sache.

Baumann tröstete sie und trocknete Blut und Tränen. Er fand nach längerem Suchen sogar die ausgeschlagenen Schneidezähne, die nahe am Gaspedals unter die Fußmatte geraten waren. Er reinigte die Zähne provisorisch mit Waschbenzin und übergab sie dann mitleidigen Blickes der Bundesfreundin Rockstroh in einer alten, mit Schnippegummi gesicherten Seifenschachtel.

Natürlich brachte Baumann gleich am 10. November die Angelegenheit am Stammtisch zur Sprache. Gerald Renner riet ihm, das Loch jetzt nicht länger stillschweigend zu ertragen, sondern mit der Genossin Rockstroh im Rücken dem Verkehrssicherheitsausschuß des Rates des Kreises gehörig auf die Pelle zu rükken. Siggi Weissenfels, der den Stammtischbrüdern gerade kundgetan hatte, der ARD zufolge wäre Juri Andropow eine neue Niere eingepflanzt worden, konnte sich die Bemerkung nicht verkneifen, daß, wenn Geld für einen kaputte Niere da wäre, auch ein wenig Geld für eine kaputte Straße aufzutreiben sein müsse.

Gleich anderntags wurde Werner Baumann beim Verkehrssicherheitsausschuß telefonisch vorstellig und bekam einen Gesprächstermin für den 23. November, gegen 10 Uhr 45. Da der Termin in seine Arbeitszeit fiel, wurde ihm selbstverständlich eine Freistellung für diesen Tag zugesichert.

Bis zum vereinbarten Zeitpunkt waren es noch zwei Wochen, aber Baumann brachte mit ein wenig Glück die Frist und das Loch unfallfrei über die Runden. Am 23. November endlich empfing ihn der Stellvertretende Vorsitzende des

Ausschusses, der Genosse Rudi Ruhig. Der Vorsitzende selbst, Blockfreund Heiner Blochwitz, Präsidiumsmitglied der LDPD, hatte überraschend einen Platz im Regierungssanatorium in Neustadt an der Noppe zugewiesen bekommen und unterzog sich dort der alljährlich fälligen vorbeugenden Runderneuerung. Der Genosse Rudi Ruhig hörte sich also nur stellvertretend, aber aufgeschlossen, geduldig und mitfühlend Baumanns Bericht an. Er schwieg danach ein Weilchen und knetete sich nachdenklich die bläulich schimmernde Unterlippe durch. Dann gab er zu verstehen, daß ihm, selbst bei größtem Wohlwollen und höchster Dringlichkeit, die Hände bis zur Rückkehr des Blockfreundes Blochwitz gebunden waren. Er wollte Baumanns Anliegen aber unbedingt als Eingabe betrachtet wissen und sicherte ihm in der dafür vorgesehenen gesetzlichen Frist von vier Wochen eine vorläufige schriftliche Rückantwort zu.

Baumann nahm es als einen Teilerfolg und fuhr frohgemut zur *Goldene Höhe,* wo er dann beharrlich fünf Stunden auf seine Stammtischbrüder wartete. Irgend etwas gesellschaftlich Nützliches mußte er ja mit dem Tag anfangen, denn es war ja erst gegen halb elf, und er war behördlicherweise freigestellt.

Am 24. Dezember 1983 jedenfalls lag dann die vorläufige amtliche Rückantwort vom Rat des

Kreises als ernstes Ausrufezeichen zwischen allerlei fröhlichen Wünschen in der Weihnachtspost. Der gesetzliche Zeitraum war eigentlich schon überschritten, aber das Schreiben war auf den 18. Dezember rückdatiert, was beinahe noch in der Vierwochenfrist lag. Inhaltlich brachte der Brief nicht viel Neues. Der aus dem Urlaub zurückgekommene und runderneuerte Blockfreund Blochwitz verlieh zuerst seiner Freude Ausdruck, daß Werner Baumann aktiv an der Mitgestaltung der Sozialistischen Gemeinschaft mitwirken wolle und gab dann weitschweifig der Zuversicht Raum, daß alle zukünftig auftretenden Probleme im engen Einvernehmen zwischen den Organen des Rates einerseits und den Bürgern andererseits zu lösen wären. Rein lochmäßig gab die Zuschrift wenig Neues her. Das Loch als solches war nicht einmal namentlich erwähnt worden, statt dessen war aber von lokal auftretenden kleineren Mängeln, Fehlern und Schwächen die Rede. Die Stammtischbrüder, die am zweiten Weihnachtsfeiertag zum vormittäglichen Umtrunk in der *Goldenen Höhe* zusammengekommen waren, ließen das Schreiben ehrfürchtig von Hand zu Hand gehen. Aber selbst der politisch versierte Gerald Renner konnte wenig Überraschendes herausinterpretieren. Siggi Weissenfels jedenfalls verkündete offiziell, er werde nicht mehr mit seinem Taxi über die Röthaer Straße zum Bahnhof in die

Kreisstadt fahren, denn die Ersatzteile für seinen Wolga lägen ja schließlich nicht auf der Straße!

Baumann jedenfalls ging mit dem Gefühl nach Hause, alles Menschenmögliche für Loch, Sozialismus und Seelenheil getan zu haben. Und richtig, die nächsten drei Monate verliefen dann auch völlig un- und zwischenfallsfrei, was aber hauptsächlich daran lag, daß das Loch mit Schnee und Eisschichten so weit ausgefüllt war, daß kein zufällig daherrollendes Vorderrad darin ernstlich verunfallen konnte.

Erst am 9. April 1984, das war der Tag, an dem Elisabeth Volkmann in einer denkwürdigen Talk-Runde und in Gegenwart des Pfarrers Sommerauer der Busen aus der Bluse hüpfte – Siggi Weissenfels jedenfalls behauptete später am Stammtisch, er habe es selbst gesehen ... Am 9. April 1984 jedenfalls ereignete sich der nächste nennenswerte Zwischenfall. Ein Mähdrescher der Weimar-Serie, der im Herbst auf den Feldern versehentlich stehengelassen worden war und der im weitesten Sinne unter Gerald Renners Kommando stand, sollte zum Erntestützpunkt zurückgeführt werden. Da das Gerät selbst nicht mehr fahrtauglich war, hatte man es auf einen Tieflader verbracht, der nun mit Überbreite straßenfüllend röthawärts daherkam. Die Zugmaschine war schon heil am Loch vorbei, da senkte sich das rechte Vorderrad des Tiefladers ins vom winterlichen Eise befreite Loch und brachte den Mähdrescher in eine gefährliche Schieflage, die sich mehr und mehr verstärkte, weil die provisorisch angebrachte Halterung nachgab. Der Mähdrescher kippte endlich und stürzte sich von der Ladefläche befreit kopfüber gegen Baumanns Grundstückseingang. Menschen kamen dabei nicht zu Schaden, aber Baumanns Pforte sowie etwa fünfzehn Meter Gartenzaun waren dahin. Die Aufräumarbeiten erstreckten sich wegen der dazwischenliegenden Osterfeiertage fast über zwei Wochen!

Baumann war von dem Vorfall weniger erschüttert, als er in der Öffentlichkeit zugeben wollte. Er hatte sich ohnehin daran gewöhnt, sein Anwesen nicht mehr über den Locheingang in der Röthaer Straße zu betreten. Er hatte sich hintenraus einen für Mensch und Moped geeigneten Pfad gesucht, der ihn durch Wiesen und Gärten direkt hinauf zur *Goldenen Höhe* führte. Die Zaunreparatur, so wurde ihm dort von Gerald Renner hoch und heilig versichert, würde natürlich die LPG *Frohes Schaffen* übernehmen, was nur gerecht wäre, da sie ja auch den Mähdreschertransport zu verantworten hatte. Mit einem neuen Zaun sei da allerdings in nächster Zeit nicht zu rechnen, da Zaunteile kontingentiert waren und vorausschauend im Jahresplan aufgenommen sein mußten. Und den Tieflader-unfall hatte man ja bei bestem Willen nicht vorhersehen können. Renner versprach aber, eine provisorische Lösung herbeizuführen.

Der Straßenwinterdienst sollte der LPG sozialistische Hilfe leisten. Aus den Holzgattern, die man im Winter gegen Schneeverwehungen einsetzte und die im Sommer nicht gebraucht wurden, würde man einen provisorischen Zaun erstellen, der dann im nächsten Jahre planverankert durch einen richtigen echten neuen, selbstverständlich kontingentierten Zaun ersetzt werden würde.

Der Zaun wurde natürlich bis April 1985 nicht ersetzt. Am Vorabend des Internationalen Kampftages der Werktätigen jedenfalls war die Röthaer Straße wenigstens von den Resten des Mähdreschers geräumt, und der provisorische Gartenzaun war noch einmal provisorisch aufgestellt worden.

Baumann inspizierte wieder einmal sein Loch. Es war jetzt etwa fünf Meter lang und an der gefährlichsten Stelle einen dreiviertel Meter tief. Rostige Mähdrescherkleinteile lagen am Grunde der Grube und vermittelten einen traurigen, hinfälligen Eindruck, der so gar nicht recht zum bevorstehenden Kampf- und Feiertag passen wollte. Baumann hatte aber eine Idee.

Am nächsten Morgen staunten die Anwohner der Röthaer Straße nicht schlecht, als sie, von den Klängen des Fanfarenzuges geweckt, aus den Fenstern schauten. Im Schlagloch prangte eine zartgrüne, fast fünf Meter hohe Maibirke. Sie war nicht einfach lieblos in einen Marmeladeneimer gestellt worden, nein, sie war richtig ordentlich eingepflanzt und mit einem Stützstab versehen worden.

Baumann hatte die erste klare Mainacht genutzt, seinen Komposthaufen heimlich umzulagern. Freilich hatte der nicht hingereicht, das Loch gänzlich auszufüllen, aber wenigstens der Nordkrater war zugeschüttet und frisch aufgeforstet worden. Baumanns Pflanzaktion war nicht nur Tagesgespräch in der *Goldenen Höhe,* sie mußte sich auch bis zu den Sicherheitsorganen des Kreises herumgesprochen haben. Das wurde offenkundig, als schon am dritten Mai zwei unauffällige, graulederbejackte Burschen in der Röthaer Straße auftauchten und den Anwohnern Fragen stellten: Ob denn Baumann häufig Besuch aus Westdeutschland bekäme? Ob er Kontakte zum kapitalistischen Ausland pflege und längere Telefongespräche führe? Ob er an der Maidemonstration teilgenommen habe? Ob er der sozialistischen Ordnung und Sicherheit gegenüber positiv gesonnen sei? Wie er seinen Müll entsorge, der ja wegen des zertrümmerten und bisher nur provisorisch hergerichteten Gartenzauns nicht nach vorn hin zur Straße transportiert werden könne...

Die Befragung, die sehr diskret und wenige Tage später auch unter den Stammtischbrüdern in der *Goldenen Höhe* weitergeführt wurde, erstreckte sich bis zum internationalen Kindertag, der 1985 auf einen heißen Freitag fiel. Am 2. Juni entschlossen sich die Lederjacken endlich, Baumann selbst und direkt mit der Frage zu konfrontieren, was er mit der Maibirke im Schlagloch bezwecke. Baumann hatte die neugierigen Genossen in seine Laube gebeten. Sie waren noch relativ jung, wirkten unentschlossen und redeten sich nur langsam an die Kernfrage heran. Provokatives Baumpflanzen war ihnen als staatsfeindliches Delikt noch nicht untergekommen.

Ehe Baumann sich bereit fand, die entscheidenden Fragen zu beantworten, öffnete er eine Wernesgrüner Exportbierflasche und nahm einen tiefen Schluck daraus. Dann erläuterte er den beiden belederten Genossen, daß er mit seiner Maßnahme einen energischen Schlag gegen die Feinde der sozialistischen Straßenverkehrsordnung habe führen wollen, denn es sei nicht länger zu verantworten, daß führende Kader des Kreises sowie modernste Landtechnik vor seinem Hause öffentlich und dauerhaft zu Schaden kämen. Für die Birke habe er sich dabei entschieden, da dieselbe mit ihrem frischen Maiengrün die Hoffnungen der Arbeiterklasse besser zum Ausdruck brächte als eine Schwarzerle oder ein rotumrandetes Verbotsschild ...

An den weiteren Verlauf der Unterredung konnte sich Werner Baumann später nicht genau erinnern. Es sollte sogar von einer Unterschrift unter eine Verpflichtungserklärung die Rede gewesen sein... Wie auch immer, unterschrieben hatte er nichts, daran glaubte sich Baumann genau erinnern zu können.

Den ihn neugierig umdrängenden Stammtischbrüdern gegenüber gab er an, strengster Schweigepflicht genügen zu müssen! Er räumte aber gleichzeitig ein, daß am 2. Juni seine großzügig bemessenen Exportbiervorräte überraschend schnell zusammengeschmolzen waren.

Am 24. Juli tauchte urplötzlich ein Streifenwagen der Deutschen Volkspolizei in der Röthaer Straße auf. Es war der einzig verfügbare mobile Streifenwagen des Kreises, denn alle anderen waren zur Feier des Tages der Deutschen Volkspolizei gerade frisch gewaschen worden und durften nicht zum Landeinsatz. Aus dem Streifenwagen kletterten zwei Polizisten. Sie umstellten das Schlagloch, machten sich Notizen und fotografierten endlich noch Straße, Haus, Loch und Ortsschild. Baumann, der über den provisorischen Gartenzaun gebeugt mit den Ordnungshütern ins Gespräch zu kommen versuchte, wurde mit der Bemerkung abgewiesen, daß Auskünfte zum Sachverhalt nur über das Ministerium des Innern zu bekommen wären.

Baumann zuckte mit den Schultern und zog sich wieder zurück, – freilich erst, nachdem er sich überzeugt hatte, daß seiner Birke seitens der einschreitenden Staatsgewalt keine Gefahr drohte.

Der Besuch den beiden wortkargen Polizisten blieb aber nicht ganz ohne Folgen, denn schon am 23. September desselben Jahres kam ein dunkelgrauer Barkas des Straßenverkehrsamtes in die Röthaer Straße gezuckelt und spuckte drei Mitarbeiter sowie ein breitgefächertes Angebot einschlägiger Verkehrsschilder aus. Zuerst wurde von den im Zeitlupentempo arbeitenden Werktätigen ein Geschwindigkeitsbegrenzungsschild installiert, das durch ein allgemeines Straßenschadensschild ergänzt und endlich mit einem *Vorsicht! Straßenbauarbeiten!* vervollständigt wurde.

Baumann wurde der Beschilderung erst am nächsten Tag ansichtig, denn er hatte es sich indessen ja zur Regel werden lassen, sein Anwesen nur noch durch den rückwärtigen Wiesenweg zu betreten. Die Beschilderungsmaßnahme versetzte ihn aber in eine hoffnungsvolle Stimmung, schien es nun doch, als täte sich endlich etwas. Vor allem das Schild „Straßenbauarbeiten" machte ihn zuversichtlich. Man würde ja kein amtliches Schild aufstellen, wenn daraufhin nicht auch bald praktische Taten folgen sollten ...

Den Rest des Jahres opferte Baumann also seinen Hoffnungen, vergaß dabei aber nicht, dem Birkenbäumchen angemessene Pflege angedeihen zu lassen, so daß es sich im Mai des Jahres 1986 bereits als stattlicher aufstrebender Jungbaumkader präsentieren konnte. Als im Verlaufe des Sommers immer noch keine Anstalten getroffen wurden, die auf bevorstehende Baumaßnahmen schließen ließen, wurde er doch in all seiner Zuversicht ein wenig wankelmütig. Im Gespräch mit den Stammtischbrüdern der *Goldenen Höhe* beharrte er aber eisern darauf, daß gut Ding eben Weile bräuchte. Gerald Renner bestärkte ihn in seinem Glauben, der Fortschritt würde auf Dauer nicht vor einem Schlagloch Halt machen können, während Siggi Weissenfels ein schönes Beispiel für den Fortschritt in der Wissenschaft anführen konnte, das er allerdings im Westfernsehen gesehen hatte. Am 3. August 1986 gelang nämlich dem Hobbygärtner Aake Troedsson aus Malmö zur Freude aller Allergiker die Zucht weißer Erdbeeren! Werner Baumann konnte mit dem Beispiel nicht viel anfangen, denn er war kein Allergiker.

Der 9. Oktober 1986, der Tag an dem der Geistheiler Freddy Wallimann im Fernsehen über zehn Millionen Zuschauer erreichte, brachte dann aber doch noch eine Wende, wenn auch keine politische oder straßenbauliche, so doch wohl aber eine verkehrsführungstechnische. Die Röthaer Straße wurde nämlich halbseitig gesperrt, und im März 1987 wurde dann sogar eine mobile Richtungsampelanlage installiert. Das beeinträchtigte zwar den auf der Röthaer Straße kaum noch stattfindenden Verkehrsfluß wenig, begünstigte aber andererseits das ungehinderte Wachstum von Loch und Birke, so daß Werner Baumann über seiner Haustür ein handgefertigtes Schild anbringen konnte, auf dem *Villa Birkengrund* zu lesen war.

Baumann hatte sich aber noch immer nicht mit dem ungestörten Wachstum des Loches abgefunden. Ein mehr zufälliges Gespräch mit Richard Hullerbeck, dem verantwortlichen Landwirtschaftsredakteur der Lokalseite des *Freien Wortes,* ließ ihn neue Hoffnung schöpfen. In zwei Jahren, so sagte Hullerbeck politisch weitsichtig voraus, würde der Sozialistische Arbeiter- und Bauernstaat sein Vierzigjähriges feiern. Das wäre bestimmt die Gelegenheit, zu der Vater Staat den treuen Bürgern von Unterwartungen eine heile Straße bereiten würde. Nur freilich, das dürfe man nicht vergessen, müsse dafür schon jetzt ein Ansprechpartner in der Staatsführung gefunden werden, denn man lebe ja in den Zeiten geregelter Planwirtschaft, und da sei überall reichlicher Vorlauf erforderlich.

Baumann gab sich einen Ruck und wählte sich den höchsten Ansprechpartner, den die Republik zu bieten hatte und schrieb an den Genossen Staatsratsvorsitzenden persönlich.

Siggi Weissenfels gab am Stammtisch zu bedenken, daß das schlimmstenfalls wieder auf einen Besuch der beiden Lederjoppenträger hinauslaufen könne, Gerald Renner jedoch sah das nicht so und ermunterte Werner Baumann, das Schreiben abzufassen. Der Brief wurde also geschrieben und am 29. Oktober sicherheitshalber als eingeschriebener Eilbrief in Rötha der Deutschen Post übergegeben. – Der 29. Oktober 1986 war übrigens der Tag, an dem ein rätselhafter Haarausfall in Deutschland seinen Höhepunkt erreichte. Einige Bürger mußten an diesem Tag mehr als zweihundert Haare lassen!

Die Rückäußerung kam diesmal exakt in der dafür vorgesehenen Zeit. Der Antwortbrief glich zwar stilistisch dem Schreiben, das Baumann am 24. Dezember 1984 bekommen hatte, war jedoch viel sorgfältiger getippt und strahlte erheblich mehr Solidität und Gediegenheit aus als der seinerzeit ein wenig lieblos und verrutscht geormikte blaßviolette Schriftsatz. Dem Schreiben war jetzt zu entnehmen, daß das Problem den zuständigen Organen zur Lösung übergeben werden würde. Leider war nicht vermerkt, welche Organe das sein sollten, so daß sich bis weit in das Frühjahr 1988 bei Werner Baumann eine spannend erwartungsvolle Gemütshaltung ausbreitete.

Am 29. April 1988, das war der Tag, an dem es dem sowjetischen Arzt und Knochenstrecker, Professor Gawriil Ilisarew, gelang, einen deutschen Patienten um dreißig Zentimeter in die Länge zu ziehen... An diesem 29. April endlich tat sich etwas. Ein mit drei Personen besetzter, diesmal hellgrauer Barkas der Straßenbaudirektion kam in die Röthaer Straße gebraust – besser gesagt, er hielt schon am Anfang der Straße. Während der Fahrer im Wagen ein Schläfchen veranstaltete, sperrten seine Mitfahrer die Straße nach Rötha, aber diesmal radikal. Die gleichzeitig angebrachten Umleitungsschilder geboten, daß der Weg in die Kreisstadt nunmehr über Hartungen, Buchenwalde und Neusämingen genommen werden müsse, was etwa zwölf zusätzliche Kilometer und für das Durchschnittsauto einen Spritmehrverbrauch von einem Liter ergab.

Als Siggi Weissenfels am Stammtisch von der Maßnahme erfuhr, gestattete er sich ein kleines höhnisches Lächeln und die Bemerkung, daß er bereits seit 1983 diese Route mit seinem Taxi befahre, womit erwiesen wäre, daß er, der selbständige Kleinunternehmer, historisch erheblich weitsichtiger sei als das wachsamste sozialistische Staatsorgan. Gerald Renner ärgerte sich über diese Feststellung gewaltig, schluckte aber seinen Ärger hinunter. Er kam nicht dagegen an, denn im Jahre 1988 wurden wirkungsvolle staatliche Argumente allmählich knapp.

Die Röthaer Straße lag also am 1. Mai 1988 endlich völlig verwaist, aber auch still und friedlich vor Baumanns Anwesen. Das frisch begrünte Birkenbäumchen schickte sich an, vom Straßenverkehr ungestört und von Werner Baumann gut versorgt, einem neuen Lebensjahr entgegenzuwachsen.

Baumann selbst bekam zwar irgendwann noch einen amtlichen Brief der Beziksstraßenbaudirektion, in dem festgestellt wurde, daß das Anliegen seiner Eingabe vom 13. August 1987 nunmehr zur Zufriedenheit erledigt sei. Leider stand nicht dabei, zu wessen Zufriedenheit, denn Baumann war mit dieser Regelung durchaus nicht einverstanden. Allmählich jedoch gewöhnte er sich an den verkehrsfreien Zustand seines Anwesens, zumal Birke und Loch dabei prächtig gediehen.

Baumann hatte sich durchgerungen, in der *Goldenen Höhe* das Thema Schlagloch nicht mehr zu erörtern. Selbst als Gerald Renner in ihn drang, er solle in Vorbereitung der Kommunalwahlen 1989 noch einmal eine Initiative starten, zuckte er nur resigniert die Achseln.

Das Jahr 1989 verlief dann aber ganz anders, als es Werner Baumann, Siggi Weissenfels und Gerald Renner vorausahnen konnten. Die revolutionären Ereignisse des Herbstes 1989 nahmen ihren Lauf, und der revolutionäre Atem der Geschichte streifte auch den abgelegenen Kreis Rötha, freilich nicht mit jener Wucht, mit der er die großen Städte des Landes durchrüttelte. Aber immerhin gingen im Oktober des Jahres auch Demonstranten in Rötha auf die Straße. Sie umlagerten das Rathaus und forderten auf Schildern und in Sprechchören unerbittlich auch für Rötha und Unterwartungen eine neue Ordnung. Unter den Demonstranten war auch Werner Baumann auszumachen. Er trug ein selbstverfertigtes Transparent, das allgemeine Zustimmung erfuhr:

Setzt Honecker aufs Altenteil
Und macht uns unsre Straße heil!

Ansonsten hielt sich Werner Baumann in den Wirren der revolutionären Jahre 1989 und 1990 mit seinen Erwartungen zurück, denn ihm war schon klar, daß erst Staat und Demokratie erneuert werden mußten, ehe man an das örtliche Straßenwesen denken konnte.

Die Birke jedoch nutzte die neugewonnnenen Freiräume und wuchs zu einem Stamm heran, der von zwei Männerhänden nicht mehr zu umfassen war. So sehr das Bäumchen am oberen Rande das Loches in die Höhe strebte, so sehr erweiterte sich der Abgrund zu seinen Füßen. Gewitterfluten ergossen sich in die Grube, spülten Kies, Lehm und Erdreich frei und hatten so bis zum Oktober 1991 eine stattliche Schlucht freigeschwemmt. Baumann, der zuerst gefürchtet hatte, sein Anwesen würde darin verschlungen werden, beruhigte sich bald wieder, denn er hatte bemerkt, daß sich die Schlucht von seinem Grundstück weg in Richtung Süden bewegte und ihm damit ein gefahrloses Verbleiben in Unterwertungen sicherte.

Während der Birke eine sichere Gegenwart beschert war, fanden rings im Lande ungeheure Veränderungen statt, ja selbst die scheinbar festgefügte Stammtischordnung in der *Goldenen Höhe* kam ins Wanken. Nicht nur, daß ein neuer Wirt neues Bier zu neuen Preisen in neue Gläser schenkte, auch die Stammtischbrüder zeigten neue Verhaltensmuster: Sie kalkulierten vorher, wieviel Bier sie sich leisten konnten! Gerald Renner gab sich wortkarg und hatte auch wenig zu melden. Siggi Weissenfels dagegen blühte förmlich auf. Er sprach von Kreditaufnahme und Expansion und hatte seinen alten Wolga längst gegen einen ansehnlichen, wenn auch gebraucht gekauften Mercedes eingetauscht.

Baumann ließ die Ereignisse der Zeit gelassen über sich hinwegziehen. Er las wie immer seine Zählerstände ab und hielt sich für unersetzlich! Wer sollte ihn denn auch ersetzen? Er war ja der einzige, der überhaupt wußte, wo sich all die vielen kleinen, altertümlichen schwarzen Zählerkästchen in der grauen, verwinkelten, abrißbedrohten Gebäudesubstanz versteckten...

Am 7. Oktober 1991, es war der Tag, an dem sich Margot Honecker aus Moskau in Richtung Chile davonmachte... An diesem 7. Oktober, der einst immerhin ein ruhmbeladener staatlicher

Feiertag gewesen war, riß sich Werner Baumann vom reizvoll romantischen Schluchtenblick seines Schlafzimmerfensters los und begab sich zu einem Bürgerforum, das anläßlich der Einjahresfeier der Deutschen Wiedervereinigung in Unterwartungen stattfand. Er nutzte die neuen demokratischen Spielräume kühn und erlaubte sich, die Frage zu stellen, was denn nun mit der seit drei Jahren gesperrten Röthaer Straße werden solle.

Der aus Schwaben zur Verstärkung der regionalen Demokratie herbeigewählte neue Bürgermeister Alois Watzinger freute sich über Baumanns Einlassung und versicherte, die Röthaer Straße sei ihm ein dringendes Anliegen und er hätte die Lösung schon fest im Auge. Momentan scheitere der Zugriff auf das Problem aber leider noch am fehlenden Raumordnungsverfahren, das wiederum nicht so schnell zustande kommen könne, da von der Landesregierung eine Gemeindegebietsreform angestrebt würde, deren Ausgang man verständlicherweise erst abwarten müsse. Geld jedenfalls, so versicherte Alois Watzinger, sei vorhanden, wenn nicht sogar schon bereitgestellt!

Baumann war einsichtig, hakte nicht nach und gab sich mit der Antwort zufrieden. Auch beruflich verfügte er sich brav in den Wartestand, der für ihn aber schon nach wenigen Monaten in den Vorruhestand einmünden sollte. Die neuangebrochenen Zeiten brachten es mit sich, daß er im Sommer 1992 einvernehmlich aus dem Arbeitsleben scheiden mußte. Überall im Landkreis wurden neue Zähler angebracht, und neue Firmen aus den alten Bundesländern übernahmen bereitwillig das *energy controlling.*

Werner Baumann konnte jetzt mehr Zeit darauf verwenden, Haus, Grundstück und die gesperrte Röthaer Straße zu beaufsichtigen. Seine Frau hatte die Revolution kränkelnd, aber heil im Bett überstanden und verlangte nun entschieden mehr Zuwendung und Pflege. Da ein Pflegedienst wegen der mangelhaften Straßenanbindung nicht gefunden werden konnte, übernahm Baumann diese Aufgabe. Zur Verbesserung der allgemeinen Mobilität hatte er sein Moped abgeschafft und einen Opel Astra gekauft, den er aber wegen der Straßensperrung nicht auf oder vor seinem Anwesen abstellen konnte, obwohl dort für ihn noch aus alten Zeiten eine Garage bereitstand! Das neue Auto mußte auf dem Parkplatz vor der *Goldenen Höhe* verweilen, und Werner Baumann kam daher selten in den Genuß einer flotten Autofahrt. Freilich kam er auch nie in Verlockung, in angetrunkenem Zustand leichtsinnigerweise nach Hause zu fahren, was ja, wie Siggi Weissenfels am Stammtisch berichtete, seit den neu festgelegten Promille-Grenzen bei ihm zu mancherlei Verhängnis geführt hätte.

Das Jahr 1992 verging ohne nennenswerte Zwischenfälle. Die Röthaer Straße war stillgelegt und hielt sich daran. Dort waltete nur das freie Spiel der Naturkräfte, unbeeinflußt von Menschenhand, -fuß oder Vehikel. *Die Schlucht am Birkengrund,* wie der Volksmund sie neuerlich liebevoll und heimatstolz nannte, wurde jetzt manchmal von Ausflüglern oder sogar Schulklassen besichtigt, die dort die regenerativen Kräfte der Natur studieren wollten.

Am 10. November 1994, der Tag, an dem Claudia Nolte zur Ministerin avancierte, verlor sich Werner Baumann noch einmal zu einem Bürgerforum in die *Goldene Höhe,* das diesmal aber vom neueingesetzten, nunmehr einheimischen Bürgermeister Holger Rochlitzer veranstaltet wurde. Der vorherige Bürgermeister Alois Watzinger hatte sich unredlichen Geschäften hingegeben und war deshalb aus seinem Amte gewichen. Er hatte gemeinsam mit seinem Schwager ansehnliche Baugrundstücke erworben und vornehmlich Gelder, die für die Instandsetzung des örtlichen Straßennetzes bestimmt waren, dafür eingesetzt, diese Grundstücke besonders komfortabel an das allgemeine Verkehrsnetz anzubinden.

Werner Baumann, noch immer verärgert, daß er sein Auto nicht mit auf sein Grundstück nehmen konnte, klagte also wieder einmal dem Bürgerforum sein Leid und gab einen lückenlosen Abriß der Geschichte des Loches in der

Röthaer Straße zum allgemeinen Bedenken. Aber auch der neue regional geprägte Bürgermeister konnte keine schnelle Lösung in Aussicht stellen, denn noch immer schwebten dunkle Raumordnungs- und Gemeindeneugliederungsverfahren über dem ländlichen Raum.

Baumanns Schilderung des aktuellen Zustands der *Schlucht am Birkengrund* war allerdings so packend und anschaulich geraten, daß sich am Tag nach der Veranstaltung ein Herr vor Baumanns Grundstück einfand, der sich als Dr. Jochen Schuster zu erkennen gab. Er überreichte dazu goldgeprägte Visitenkarten, auf denen er sich durchaus nicht nur als einfacher Schuster, sondern auch als erfolgreicher Immobilienkaufmann und Investor aus Frankfurt am Main vorstellte.

Beim Anblick des Loches geriet Dr. Schuster geradezu in unternehmerische Verzückung und offerierte dem skeptischen, aber immerhin staunenden Werner Baumann eine Fülle neuer Möglichkeiten, die *Schlucht am Birkengrund* kommerziell gewinnbringend auszuschlachten. Man könne unter Einbeziehung der benachbarten, sanften grünen Hügel einen Erlebnispark anlegen, als dessen Höhepunkt eine Sommerrodelbahn angelegt werden würde. Ja, auch seltenere Sportarten, wie Canyonrafting oder Freeclimbing, die heutzutage aber durchaus im Trend lägen, hätten hier schöne Entfaltungsmöglichkeiten. Baumann blieb zurückhaltend und war auch nicht vom Projekt Freizeitpark überzeugt, als ihm von Dr. Schuster bedeutet wurde, daß die Anlage auch für ihn einen sicheren Arbeitsplatz abwerfen würde – zum Beispiel als Imbißbudenbetreiber. Als Dr. Schuster sich schließlich anschickte, Kaufangebote für angrenzende Anwesen zu unterbreiten, beendete Baumann das Gespräch kurzerhand und heftig.

Werner Baumann beging allerdings den Fehler, die Begegnung mit Dr. Schuster am sonntäglichen Stammtisch in der *Goldenen Höhe* zu erwähnen. Siggi Weissenfels, der schon einige Begegnungen mit Investoren hinter sich hatte, schüttelte nur den Kopf, während Gerald Renner sich auffällig interessiert zeigte.

Das Gerücht, ein schwerreicher Frankfurter Investor, plane in der Röthaer Straße ein Freizeitparadies aus, oder besser, in den Boden zu stampfen, ging wie ein Lauffeuer durch die Gemeinde und polarisierte die ländliche Bevölkerung. Auf Betreiben von Gerald Renner gründete sich eine Bürgerinitiative zur kommerziellen Förderung der Gemeinde Unterwartungen und verfaßte einen in warmen Worten gehaltenen offenen Dankesbrief an Dr. Schuster, den der aber nicht mehr persönlich in Empfang nehmen konnte, da er aus Steuergründen kurzfristig seinen Wohnsitz auf die Bahamas hatte verlegen müssen.

Durch den Niedergang des Dr. Schuster bekam die örtliche Umweltgruppe unerwartet gewaltigen Auftrieb. Die Gruppe *Grünes Unterwartungen* hatte im Zusammenhang mit dem Freizeitprojekt eine Umweltschutzverträglichkeitsanalyse der *Schlucht am Birkengrund* anfertigen lassen, aus der eindeutig hervorging, daß erfreulicherweise die *Graue Bachkieskröte* in der Schlucht Zuflucht und Brutstätte gefunden habe, was einer mitteldeutschen, wenn nicht sogar biologischen Sensation gleichkam. Man könne nicht umhin, das Gebiet der *Schlucht am Birkengrund* deshalb zum Naturschutzgebiet zu erklären. Die Umweltgruppe hatte für das Projekt und die dafür in Aussicht stehenden EU-Fördermittel in Unterwartungen bereits siebenunddreißig Stimmen gesammelt und arbeitete jetzt energisch an einem Antrag zur Vorlage im Europäischen Parlament.

Die Bürgerinitiative zur kommerziellen Förderung der Gemeinde Unterwartungen beäugte argwöhnisch die Aktivitäten der Umweltgruppe und sammelte Geld für ein Gegengutachten.

Baumann selbst beteiligte sich an den Aktionen nicht. Am 21. September 1995, das war der Tag, an dem die berühmte Diätenabstimmung im Deutschen Bundestag erfolgte, die nur fünf Gegenstimmen erbrachte... An diesem 21. September war Baumanns Auto vom Parkplatz der *Goldenen Höhe* weggestohlen worden. Da ihm die Versicherung eine angemessene Entschädigung verweigert hatte, sah er keinen Grund mehr, für die schnelle Wiederherstellung der Röthaer Straße einzustehen. Er besaß ja nun kein Fahrzeug mehr, das einer Straße als Rollfeld bedurft hätte. Er betrat jetzt sein Grundstück nur noch von hinten über den schmalen Trampelpfad, den er sich in den letzten zehn Jahren zurechtgetreten hatte. Obwohl sich die Umweltinitiative sehr um ihn bemühte, trat er dem *Grünen Unterwartungen* nicht bei. Für ihn war die Röthaer Straße trotz aller Verwandlungen noch immer eine Straße und kein Naturschutzgebiet!

Das *Grüne Unterwartungen* löste sich im Oktober 1995 überraschend auf – kurz bevor es seine fünfzigste Stimme für das Projekt sammeln konnte! Der bis dahin federführende und erwerbslose Umweltaktivist Joschka Gerber stellte seine Aktivitäten von einem zum andern Tag ein, da ihm eine gutdotierte Stelle als Pressesprecher der Müllverbrennungsanlage in Rötha-Pröschwitz angeboten worden war.

Das Problem der schützenswerten Graukieskröten wurde im Sommer 1996 ebenfalls auf natürliche, wenn auch nicht vorhersehbare Weise gelöst. Das Jahr 1996 war ja bekanntlich das Jahr der großen Überschwemmungen und entlockte dem damaligen Bundeskanzler den historisch gewordenen Satz: „Das Oderhochwasser ist die größte Katastrophe nach der deutschen Wiedervereinigung..."

In Unterwartungen jedenfalls hatten die anhaltenden Regenfälle kein schlimmes Hochwasser hinterlassen können. Die Ortschaft lag wie immer sicher hügeloben, und das Wasser verfloß sich altgewohnt bergab in Richtung Rötha. Allerdings strömten die Wassermassen vornehmlich über die gesperrte Röthaer Straße abwärts und spülten aus der Schlucht am Birkengrund alles heraus, was nicht niet- und nagelfest war. Zuerst natürlich die ohnehin stark gefährdete Graukieskrötenpopulation, dann aber auch alles, was sich im Laufe der letzten Jahre an Tieren und Pflanzen festgesetzt hatte. Sogar die Birke, die Werner Baumann dereinst am Nordrande gepflanzt und die der Schlucht den Namen gegeben hatte, brach über den Rand und wurde von den Wassermassen hinweggetragen.

Daß das Baumannsche Anwesen nicht in Mitleidenschaft gezogen wurde, mußte sicher einer höheren Fügung entsprochen haben, denn die ehedem am Haus vorbeiführende Straße war nunmehr in voller Länge und Breite zu einer wildzerklüfteten kargen Schlucht geworden. Wäre Baumann aus dem Vordereingang seines Grundstücks getreten, hätte er jetzt leicht in die nahezu dreißig Meter tiefe Schlucht stürzen und sich das Genick brechen können. Baumann selbst stand dem Wirken der Naturgewalten hilflos gegenüber. Er sperrte den Vordereingang seines Grundstücks endgültig und setzte vor die ehemalige Garteneinfahrt Fliederbüsche und Holundergesträuch in der Hoffnung, eine möglichst dichte Hecke möge ihm bald den traurigen Blick auf das, was einst die Röthaer Straße gewesen war, ersparen. Daß er das Haus jetzt nur noch hügelwärts über den Feldpfad verlassen konnte, war für die Regulierung seines Haushalts, zur Erledigung der Einkäufe, vor allem für Bierkastentransporte besonders bei Regenwetter recht mühsam. Baumann spürte aber auch zunehmend weniger das Bedürfnis überhaupt noch unter Leute zu gehen. Selbst zum einst so geliebten Stammtisch zog es ihn nicht mehr mit der gewohnten Begeisterung. Dort hatte sich vieles verändert. Neue Gesichter und neue Gesprächsthemen prägten des Klima.

Siggi Weissenfels saß jetzt zumeist wortkarg und verbittert in seiner Ecke. Er hatte Konkurs anmelden müssen und führte jetzt unter dem Namen seiner Frau ein kleines Unternehmen, das sich mit einem Leichenwagen und einer Straßenkehrmaschine mühsam über Wasser hielt. Ein Taxi wurde in Unterwartungen nicht mehr gebraucht; der Traum vom expandierenden Fuhrgeschäft war ausgeträumt.

Gerald Renner dagegen taute zusehends auf. Er war zum Geschäftsführer der AGRO GmbH Unterwartungen aufgestiegen und spielte eine nicht unbedeutende Rolle im Röthaer Unternehmerverband. Wenn er davon sprach, wie er es geschafft hatte, Brüsseler Geldtöpfe anzuzapfen, erntete er bei allen ungläubiges Staunen. Nur Siggi Weissenfels verließ dann immer vorzeitig und grußlos die Runde.

Am 7. September 1997, eine Woche nach dem Tod von Lady Di, verstarb Baumanns Frau. Sie starb allerdings unspektakulär und still im Bett. Baumann hatte sie in den letzten Jahren klaglos gepflegt und war von ihrem Tod weder überrascht noch sonderlich betroffen. Das Begräbnis jedoch führte zu einem letzten großen Zerwürfnis mit den amtlichen Stellen. Der Amtsarzt, der den Totenschein ausstellen sollte, weigerte sich, Baumanns Anwesen über den Wiesenhügel zu betreten. Da kein öffentlicher Zugang zur Verstorbenen gewährleistet war, weigerte er sich natürlich auch, den Totenschein auszufüllen. Selbst das junge und dynamische Bestattungsinstitut „... *und Tschüß*“, ein neuangesiedeltes mittelständisches Unternehmen aus dem Raume Aschaffenburg mit Filiale in Rötha, das Baumann in seiner Verzweiflung mit den Bestattungsangelegenheiten beauftragt hatte, weigerte sich schließlich, den Leichentransport zu übernehmen, da es ja verständlicherweise nicht für den ordnungsgemäßen Zustand der Verblichenen garantieren könne. Baumann blieb nichts weiter übrig, als die Arbeiten selbst zu verrichten.

Auf dem Baumarkt in Rötha erstand er einen

Fertigteilsarg, den er zu Hause ohne Mühe und Bauanleitung in zwei Stunden zusammensetzte. Dann mietete er sich in Rötha auf dem *Autofriedhof Tappert* ein geländegängiges Abschleppfahrzeug und übernahm den Transport seiner Frau zum Unterwartunger Waldfriedhof wiesenhügelwärts und querfeldein in eigener Regie. Gerald Renner hatte zwar angeboten, den Transport mit einem Fahrzeug der AGRO GmbH durchzuführen und dazu einen Rabatt in Höhe von zehn Prozent in Aussicht gestellt, was aber von Baumann dankend abgelehnt worden war.

Die Beerdigung fand in kleinstem Kreise statt, und Werner Baumann ertrug geduldig alle damit zusammenhängenden Strapazen. Den kurzzeitig aufwallenden Zorn erstickte er tapfer in seinen Trauergefühlen. Die Abwesenheit der Frau vergrößerte allerdings seine Menschenscheu noch mehr. Selbst am Stammtisch in der *Goldenen Höhe* wurde er, der einst der Treueste der Treuen gewesen war, nunmehr kaum noch als Zaungast erkannt.

Am 23. Dezember 2000, dem Tag, an dem die Europäische Union wegen des eventuell bestehenden BSE-Risikos ein weltweites Verbot für deutsche Wurst forderte... An diesem nebliggrauen 23. Dezember jedenfalls taten sich ungewöhnliche Dinge hinter Baumanns Anwesen, die so gar nicht zum bevorstehenden Fest des Friedens passen wollten.

Orangefarbene, geländegängige Fahrzeuge tauchten plötzlich wie urzeitliche Ungetüme aus dem grauen Nebelmorgen. Behelmte Männer in Schutzkleidung sprangen heraus, schleppten Zelte, Meßgeräte, Parabolspiegel und Scheinwerfer über die Wiesen und errichteten in höchster Eile am Rande der Birkenschlucht ein Basislager. Feldküchen und Sanitätszelte schossen aus dem Boden. Blaue und orangefarbene Lichter zuckten und kreisten. Während am Himmel zwei wachsame Hubschrauber des Bundesgrenzschutzes ihre Runden zogen, schickte sich eine kleine Gruppe besonders martialisch aussehender Männer an, sich abzuseilen und den Grund der Schlucht zu erkunden. Als gegen fünfzehn Uhr der Nebel noch dichter wurde und sich mit der heraufkommenden Dämmerung zu einem undurchsichtigen grauen Brei vermengte, fanden die merkwürdigen Vorgänge ein rasches Ende. Die Aktion löste sich quasi im Nebel auf. Männer, Fahrzeuge und Hubschrauber verschwanden, und eine, wenn auch trügerische vorweihnachtliche Stille breitete sich wieder über das Land.

Baumann hatte den ganzen Tag über hinter der Gardine gestanden und die rätselhaften Vorgänge beobachtet. Er konnte sich aber keinen Reim darauf machen.

Als er am Abend desselben Tages wieder einen seiner seltenen Stammtischbesuche wagte, mußte er feststellen, daß die geheimnisvolle Aktion nicht unbemerkt geblieben war. Gerald Renner war gut unterrichtet und erklärte der staunenden Stammtischrunde, daß die Schlucht am Birkengrund nun eine endgültige Bestimmung erfahren habe. Das Umweltministerium habe einige geologische Untersuchungen anfertigen lassen, demzufolge die Schlucht einzigartig geeignet sei, als Atommüllendlager ausgebaut zu werden ... Unterwartungen hatte wieder eine Zukunft!

Werner Baumann verließ die Runde, ehe Gerald Renner seine Erklärung beendet hatte. Er nickte Siggi Weissenfels, der alt, grau und mürrisch in seiner Ecke saß, noch einmal zu und ging nach Hause. Es sollte sein letzter Stammtischbesuch gewesen sein.

Am 31. Januar 2000, dem letzten Tag des vergangenen Jahrtausends, vermauerte Werner Baumann alle Vorderfenster seines Hauses und unterbrach damit den einzigen und letzten Blickkontakt zur *Schlucht am Birkengrund.*

Es wollte und wollte nicht in seinen nun langsam alt werdenden Schädel, daß eine Straße, die seit Menschengedenken von Unterwartungen nach Rötha führte, in Zeiten totaler Wandlungen und Verwirrungen alles andere werden konnte als eine Straße, die zwei benachbarten Orte miteinander verband.

Quellennachweis

Die Geschichten „Der Hecht“ und „Das Loch“ wurden eigens für diesen Band geschrieben. Die Lieder „Was der DDR-Bürger braucht“; „Tauchstation“; „Trabbi nach Paris“; „Auto-Sonett“; „Was der Ossi braucht“; „Privat“; „Ordnung“ stammen aus dem Buch Jürgen Hart, „Felix aus der Asche“, © Eulenspiegel Verlag, Berlin 1996, die anderen Lieder wurden noch nicht in Buchform veröffentlicht.